01
JN229512
フェアリー・バレット
―機巧乙女と偽獣兵士―
三嶋与夢 イラスト itaco
GCN文庫

かせ　なつこ
加瀬 夏子
第三学園、通称マーメイド
校の学園長。
はやせ　まや
隼瀬 真矢
戦乙女。何かとあたりの
強い三組のエース。
アリソン・グリーン
プロメテウス
計画の副主任。
ジョン・スミス
プロメテウス
計画の主任。

ルイーズ・デュラン
戦乙女。五組の生徒で
蓮を気にかけている。
一二三蓮（ひふみ れん）
プロメテウス計画のテスト
パイロット。階級は准尉。

CONTENTS

「……今回は出番がないといいな」

「自分が囮になります！
その間に第一小隊の皆さんは撤退を！」

試作実験機XFA-10
『サンダーボルト』改修型

第三学園五組『戦乙女』
ルイーズ・デュラン

フェアリー・バレット

―機巧乙女と偽獣兵士―

著：三嶋与夢
イラスト：itaco

GCN文庫

プロローグ

異界より化け物たちの侵攻を受けて半世紀近くの時が過ぎた。

化け物たちは地球の生物と類似した点を持っていたが、その凶暴性と残忍さは似ても似つかなかった。

いつしか化け物たちは偽りの獣と書いて偽獣(ぎじゅう)と呼称されるようになり、人類共通の敵となった。

偽獣たちは、発見された当初は魔物や妖魔という扱いだった。

ゲートの存在を確認していなかった当時の人類にとって、偽獣たちはまるで創作物の中から出て来たような化け物に見えたのだろう。

どこからともなく現れては、人類と敵対する偽獣たちは脅威だった。

初期こそ人類は一時的に滅亡手前まで追い込まれたが、そこから何十年という時をかけて偽獣たちが現れるゲートを破壊するまでに至った。

現在は不定期に出現するゲートと、そこから出現する偽獣の相手をするのが人類にとっての戦争になっていた。

戦争の形も変わった。

かつては国家がトップに君臨して戦争を指揮していたが、現在では対妖魔精鋭特務機関――非公式の略称は「妖精機関」――が国家を束ねて命令を出す立場になっている。

今では人類同士の戦争は極端に減り、世界が偽獣相手に一致団結して戦っている――というのが妖精機関の公式発表だ。

どこまでが本当で、どこからが嘘なのか、末端の兵士には知りようがない。

そう、兵士である俺には知りようがない話で、同時に関係のない話だ。

何しろ俺は、兵士という名の兵器なのだから。

今では歩兵一人一人にパワードスーツが支給されるようになった。

特殊強化装甲スーツという名の兵器であり、ラバー製のインナースーツに人工筋肉の機能を持たせ、一般人でも屈強な兵士以上のパワーが出せるようになった。

右手に装着された機関銃が火を噴く。

人の力では振り回され、まともに敵を狙えない威力の機関銃だろうとパワードスーツがあれば片手で扱えた。

インナースーツの上に装甲や機械、そして武装を取り付けたアーマーをかぶせている。

これが現代の歩兵の姿だ。

銃口を向けて弾丸をばら撒く先は、不気味な植物の生い茂る森からワラワラと出現する偽獣たちである。

三等級。

偽獣たちはその脅威度に応じて等級で区分され、数字が小さいほど危険である。

一番下の階級に分類されるその偽獣たちは、多くが昆虫や爬虫類に似た姿をしていた。

もっとも多い種類は地球の蟻とよく似た姿をしているが、大きさは二メートルから三メートルと巨大である。

異界よりゲートを通って現れる偽獣たちは、全てが禍々しい姿をしている。

そんな化け物たちに共通しているのが、人類や地球の動植物に対する強い殺意だ。

偽獣たちに交渉は通じない。

急に出現したゲートより現れ、意思疎通を図る前に偽獣たちは人類に攻撃してきた。

当時は圧倒的な数も脅威だったらしいが、人類が苦戦を強いられた理由は偽獣たちが持つ特殊な力場である。

機関銃の弾丸が命中した際に、偽獣たちの表面にバリアのような物が発生する。

三等級の偽獣程度ならば貫けるが、これが弾丸の威力を減衰させていた。

通常なら数発で撃破できるところを、何十発も当てなければ倒せない。

「……リロード」

弾倉を手早く交換し、偽獣たちに向かって射撃を再開する。

機関銃で効率的に処理するには、同じ個所に集中して当てるのがいい。

偽獣たちにもタイプごとに弱点が存在し、そこを狙うのも効果的だ。

弾薬を節約しながら偽獣たちを淡々と処理していると、大型の機関銃を持った小隊長が通信機越しに大声で話しかけてくる。

『相変わらず調子がいいな、チェリー！　その調子でバンバン倒してくれ！』

上機嫌な小隊長の言葉に、俺は短く返事をする。

チェリーとは俺のあだ名みたいなものだ。

うちの小隊は仲間をあだ名で呼び合っている。

「はっ、善処します」

パワードスーツもなかった時代の軍隊は、偽獣たちを相手にかなりの被害を出したらしい。

ただ、現代も被害が出ないわけではない。

『となりの小隊が食いつかれやがった！』

小隊の賑やかし役である通信兵の男は、仲間からＭＣと呼ばれている。

司会進行役という意味らしいが、本人は退役したらバンド仲間と合流してバンド活動を再開することを夢見るミュージシャンだ。

ただ、歌手だけあって声の通りがいい。

本人もよく喋るため、小隊内のムードメーカーも兼ねていた。

小隊長がヘルメットの下で苦々しい表情をしていた。

『三十八小隊の連中だな。くそ、あの調子だと立て直すのは苦労するぞ』

特殊強化装甲スーツのヘルメットは、バイザーの内側にモニターを張り付けている。

ヘルメット内のＡＩがカメラの映像をより鮮明に、そして見やすくして表示してくれている。

背面にもカメラが用意されているため、車のバックミラーのように背後も確認できる。

周辺マップが表示されており、小隊メンバーや味方がどこにいるのかも一目瞭然だ。

同じ小隊内のメンバーの顔も、通信回線で発言する度に隅の方に小さく表示されるなど芸が細かい。

『シャイボーイ！　援護は可能か？』

小隊長が声をかけたのは、小隊のマークスマン――スナイパーではないが、狙撃が得意な兵士である。

寡黙な男で、普段は滅多に喋らないためシャイボーイと呼ばれていた。

『……可能です。でも、うちの小隊の負担が増えますよ』

ボソボソと喋るシャイボーイに、誰も文句を言わない。

彼がそういう男だと知っているのと、この状況で責めても意味がないからだ。

何より、彼の狙撃の腕は小隊内の誰もが認めている。

シャイボーイの発言を聞いていた小隊内で頼りになる男が、小隊長に進言する。

彼の呼び名はギャンブラー。

賭け事では無類の強さを誇っている男で、戦場でも勘に優れている。

小隊長曰く、彼の判断で小隊が何度も救われてきたらしい。

小隊長を除けば、この小隊で一番頼りになる男だった。

『隣が崩れるとうちにも偽獣たちが流れ込んでくる。シャイボーイだけじゃ駄目だ。俺とコミック、あとヘアセットも助けに入る』

ギャンブラーに名指しされたコミックとヘアセットは、訓練を終えたばかりの一等兵である。

コミックは単純に漫画家を目指しているという安直な理由で名付けられ、ヘアセットは毎朝の髪形のセットに時間がかかるからヘアセットと呼ばれるようになった。

『俺たち二人が抜けても大丈夫なんですか!?』

『他を助けて俺たちが食われるなんて嫌ですよ！』

二人とも文句を言いながらも戦っており、命令とあれば隣の小隊を助けに行くのだろう。

最後に小隊内の問題児であるルーザーと呼ばれる男が、新人たちに声をかける。

『馬鹿野郎！　うちにはチェリーっていう勝利の女神に愛された男がいるんだぞ。お前らがいなくても耐えられるっての！　だろ、チェリー？』

話を振られた俺は、答えに困ってしまう。

「自分は勝利の女神に愛されているとは言っていませんが？」

『チェリー!!　そこは俺に任せろ！　って言って新人共を安心させる場面だろ！　俺の最高のパスをどうしてくれるんだ！』

ルーザーは戦場でも陽気で気のいい男だが、小隊長やギャンブラーが言うにはお調子者の問題児らしい。

戦場では頼りになるのだが、いかんせん普段の生活が問題だった。

「……すみませんでした」

つい謝罪してしまった。

このルーザーという男だが、ギャンブラーと同じく賭け事が好きだ。

しかし、悲しいことに滅法弱い。

ギャンブラーが賭け事に滅法強いのだが、ルーザーは賭け事に関してはとにかく負け続けて常に金欠だった。

ギャンブルに負け続けるからルーザーだ。

俺をはじめ、色んな人に借金まで作っている。

やり取りを聞いていたギャンブラーが、呆れつつも俺たちを引き締めてくる。

『チェリー、ルーザーの言葉は気にしなくていい。それよりも、お前はお前の仕事をしろ。俺たちはお前を信じているからな』

信じている――これまで幾つもの部隊を渡り歩いてきたが、このような言葉をかけてくれる仲間はいなかった。

いや、そもそも仲間が出来たのもこの小隊に来てからだ。

それまでの俺は、周囲からサイボーグと呼ばれていた。

サイボーグというのはあながち間違いでもない。

子供のころに両親を亡くし、それから妖精機関の施設に拾われた。

施設では子供たちを戦力化する計画が行われていたらしく、毎日のように厳しい訓練が課された。

結果、俺は学校にも通わず施設で偽獣を殺すためだけの兵士に育成されたわけだ。

感情が乏しく、淡々と命令通りに偽獣を殺す――組織に改造されて生み出されたサイボーグというのが、これまでの周囲の認識だった。

「ですが自分は――」

俺は偽獣対策に強力な歩兵を育成する計画の被験者だった。

だが、そんな計画も俺と同じように育成された歩兵たちが大量に戦死してしまい、効果がないと判断され中止となってしまった。

俺たちは組織にとって汚点であり、邪魔な存在になってしまったようだ。

組織のために生み出されたようなものなのに、切り捨てられて行き場を失ってしまった。

戦死した仲間の一人が言っていた。

俺たちは死ぬことを望まれた哀れな兵器なのだ、と。

言い淀む俺に、小隊長が声を荒らげる。

『ごちゃごちゃ文句を言うなら、基地に戻ったら腕立て伏せ三百回だ！　いいか、俺たちはお前の過去を気にしない。大事なのは俺たちの仲間であるお前が強いって事実だけだ。この状況をひっくり返して見せろ、チェリー！』

小隊メンバーの視線が俺に集まる。

「了解しました！」

機関銃の弾丸を撃ち尽くした俺は、ギャンブラーたちが味方を助ける間に偽獣たちの注意を引き付けることにした。

弾倉を素早く交換し、駆け出した俺は走りながら射撃を行う。

偽獣たちに近付いたところで射撃を止め、両手に短剣を持った。

刃渡りは四十センチ。

ナイフでは偽獣たちの装甲を貫き致命傷を与えるには長さが頼りないため、歩兵用に用意された近接用の武器だ。

それを両手にそれぞれ構えた俺は、襲い掛かって来る偽獣たちの攻撃を避けながら斬り付ける。

地面を蹴って跳び上がると、大アゴを鳴らしながら近付いて来る蟻型の偽獣の頭部に乗って胴体との付け根部分である細い箇所を強引に突き刺した。

一瞬だが僅かな抵抗を感じた。

力場が短剣の刃を拒んだのだろうが、強引に突き刺して破る。

人工筋肉だけでなく、自身の鍛えた筋肉の力も上乗せした一撃は偽獣も耐えきれなかったらしい。

体液をまき散らしながら、胴体から頭部を切り落とした。

仲間が殺され腹を立てたのか、それともただ人間であるために殺意を抱いて攻撃してくるのか、昆虫型の偽獣たちがギチギチと嫌な音を立てて鳴き出す。

我先にと襲ってくるその姿は、戦術などを考えているようには見えない。

実際に考えてはいないのだろうが、偽獣たちの数を利用した攻勢に今も人類は苦しめられている。

偽獣たちの攻撃を避けながら、両手に握った短剣で斬り付けていく。

不用意に近づいて弱点をさらす個体も存在しており、そういう時は機関銃の出番だ。

銃口が火を噴くと、口を開けた偽獣の口内に弾丸をお見舞いしてやった。

内部から弾け飛ぶ偽獣の姿は、すぐに後ろから来た偽獣に踏み潰されて見えなくなった。

周囲が敵だらけという状況の中、俺は動き続けて偽獣を倒していく。

施設で教えられた通り――心を殺し――ただ、偽獣を倒す兵器として任務を遂行する。

感情を殺す訓練を受けた成果だろう。

俺たちは極端に恐怖心が薄い。

生存本能は持ち合わせているが、常人と比べれば随分と鈍いはずだ。

そのように調整を受けてきたのだから。

目の前の敵を倒すことに集中していると、いつの間にか俺の周囲に偽獣たちの死骸が沢山転がっていた。

シャイボーイの狙撃により、俺に迫っていた偽獣が頭部を撃ち抜かれてハッとした。

『もう十分だ、戻ってこい……チェリー』

何故か俺を呼ぶ時だけシャイボーイが恥ずかしがるのだが、時間稼ぎは終わったらしい。

援護されながら仲間たちと合流すると、小隊長が全員に向かって叫ぶ。

『伏せろ！』

全員が一斉に伏せると、押し寄せてくる偽獣たちの大群に砲撃が降り注いだ。

爆発音と振動が体の内部まで響き渡り、衝撃波に体が揺らされる。

偽獣たちが種を運んで来たのか、徐々に広がる地球産とは思えない植物たちを巻き込んで吹き飛ばしていた。

　砲撃が止むと、先に顔を上げたのはＭＣだった。

『うっへ～、見事に吹き飛ばしましたね。砲兵隊最高っすね。でも、これだけやれるなら最初から吹き飛ばして欲しかったよな』

　文句の多いＭＣに、小隊長がいつも通り小言を返す。

『俺たちが時間稼ぎをして、この場に食い止めたから実行できたんだよ。――ん？　どうやら女神様たちもお出ましらしい』

　小隊長が言いながら空を見ていた。

　俺もつられて上を見れば、飛行機雲が三つ。

　ヘルメットに内蔵されたカメラの最大望遠で確認すると、女性の姿をした存在が空を飛んでいた。

「……戦乙女（いくさおとめ）」

　彼女たちこそ現代の戦場の花形であり、二等級以上の偽獣たちを相手にできる人類にとっての切り札だ。

　ヴァルキリーという名のアーマーをまとっているが、アーマーを装着しているのは手脚のみである。

　偽獣たちと同じように特殊な力場が彼女たちを守っているらしく、装甲で覆う必要がな

いらしい。

露出した状態で怖くないのかと不安に思う声もあるらしいが、彼女たちが戦うのは俺たちが地上で相手をする偽獣たちよりも大きくて強い奴らばかりだ。

俺たち歩兵が二等級以上と出くわして、生き残れれば奇跡と言われている。

そんな二等級たちが、戦乙女である彼女たちにとっては雑魚扱いだ。

妖精機関にとって大事な戦力は、地上の俺たちではなく空を舞う彼女たちだ。

何しろ、ヴァルキリードレスは彼女たちしか扱えない。

男性では反応しないばかりか、動かせたところで意味がないらしい。

現代の男たちは、俺たちのように地上で泥臭く戦うことしか出来なかった。

俺が見入っていると、小隊長が笑っている。

『お前は本当に女神さまが好きだな。そんなに見つめても、俺たちには振り向かねーぞ』

声を掛けられ、俺はここがどこだかを思い出す。

ここは戦場であり、無防備に空を見上げるなど論外だ。

「っ！　申し訳ありませんでした！」

『気を付けろよ。それから、偽獣共の生き残りを仕留めたら引き揚げだ。さっさと終わらせて基地に戻るぞ』

「はっ！」

背筋を伸ばして敬礼をした俺に、小隊長は困った顔をして笑っていた。

『お前は本当に堅いよな』

◇

戦闘が終わり基地へと帰ることになると、やって来たトラックの荷台に乗り込む。

他の小隊も同じ荷台に乗るのだが、多くが仲間を失い人数が少なくなっていた。

気落ちした荷台の雰囲気を壊すのは、コミックだった。

ヘルメットを脱いだ彼は、メモ帳を取り出して何やらネタを書き込んでいた。

退役したら漫画家としてやっていくため、今はネタ集めをしているとよく言っていた。

隣に座っていた俺に話しかけてきたのも、その一環なのだろう。

「伍長殿、今日の戦闘は凄かったですね。強さの秘訣とかあるんですか？」

秘訣を素直に答えられればいいが、俺を育てた計画は中止されていても守秘義務がある。

知っている者も多い話だが、好んで広める内容ではないため口に出せない。

「真面目に訓練を消化しているだけだ」

「本当にそれだけですか？　それにしては、あの強さは尋常じゃありませんよ。短剣を持って戦う姿は、まるで忍者でしたよ。あ、今度刀に持ち替えませんか？　二刀流で映えると思いますよ」

　俺は首を傾げる。

「自分たち歩兵の装備に刀はないが？　それに、これ以上の刃渡りがあると持ち運びが不便だ。そもそも、近接戦闘は可能な限り避けるのが基本であって――」

「あ、はい。その、もう結構です」

　話が長くなると思ったコミックは、俺への取材を打ち切ってしまった。

　会話が途切れると、今度はヘアセットが話しかけてくる。

「そういえば俺も気になる話があったんですよ。前に伍長殿たちは落下した戦乙女を回収したんですよね？　その時、何かありませんでした？　ほら、戦場のラブロマンス的なやつとか」

　新人たちは揃って俺のことを階級で呼んでくるが、以前よりも随分と打ち解けてきた。

　そんな彼らのために落下した戦乙女の話を思い出すが、期待するような話はなかった。

　そもそも、落下して地上部隊に回収される彼女たちは総じて不機嫌だ。

　撃墜、あるいは事故などで地上に落下した戦乙女を回収するのは、俺たちの仕事である。

　どんな危険な状況でも飛び込み、命がけで回収するように求められる。

　俺たちの命よりも戦乙女の命が最優先――それが、今の戦場だ。

「回収した時には、ほとんど会話をしていない。目的地に送り届けて他の部隊に渡しただけだ」

　二人は戦場に夢を見ているのか、俺の答えにつまらなそうにしていた。

　ヘアセットは落胆し、コミックは残念そうにする。

「戦場のラブロマンスはなしかよ」

「戦乙女と歩兵の恋なんて、いいネタになると思ったんですけどね」

　たわいもない会話を聞いていたらしいギャンブラーが、俺に代わって二人に現実を教える。

「お前ら戦乙女が俺たち歩兵を何て呼んでいるのかしらないのか？　あいつら、黒くて地上で這いずり回っている俺たちを蟻と呼んでいるらしいぞ」

　ギャンブラーの話を聞いて、二人が驚いた顔をしていた。

　先程まで必死に戦っていた偽獣と同じように呼ばれていたと知り、ショックだったのだろう。

　ルーザーまでもがこの会話に入って来る。

「危険を冒して回収しても『遅い！』の一言でお礼もなしだったよな。こっちは命がけだったのに嫌になるぜ。天上の方々は気位が高すぎて困る」

　ルーザーが頭を横に振りながら、当時を思い出して笑っていた。

　ただ、周囲には俺たちの雰囲気が我慢ならなかったらしい。

乗り合わせた他の小隊員たちの視線が、俺たちに集まっていた。

「さっきからキャピキャピうるせーな。女子供じゃあるまいし、静かにできねーのかよ」

彼らの装備は損傷しており、何人かは巻いた包帯から血が滲んでいた。

仲間も失っているようだった。

一人の男が俺を見ると、不機嫌そうに顔を歪める。

「お前サイボーグの生き残りかよ。薄気味悪い」

サイボーグと呼ばれた俺が視線を逸らすと、相手は不満をぶつけるように声を荒らげる。

「随分と余裕そうだな。殺戮(さつりく)兵器様にはこの程度の戦場はウォーミングアップにもならないってか？　羨ましい限りだぜ」

理不尽な言いがかりはこれまでにも度々あった。

彼らも戦場で理不尽な目に遭い、精神的に追い詰められているのだろう。

それに、殺戮兵器とまではいかないが、俺が特殊な訓練を受けて強化されたのは事実だ。

言い返すこともなく黙っていると、腕を組んだ小隊長が相手を睨み付けていた。

「うちの部下に何か用か？　俺が話を聞いてやるぞ」

小隊長が睨むと、相手は分が悪いのを察したのか顔をそむけた。

ＭＣが俺に声をかけてくる。

「気にするなよ。あいつらも仲間を失って辛いのさ」

「自分は大丈夫です」

俺は今でも周囲に八つ当たりをされることがある。

特殊な立場が周囲には不気味に見えているのだろう。

だが、そんな俺にも仲間が出来た。

シャイボーイが俺にミント味の携帯食を差し出してくる。

銀紙に包まれた四角い棒状のそれは、出撃する際に歩兵に配られる。

「食え」

「……ありがとうございます。いただきます」

ミント味はシャイボーイのお気に入りなのだが、俺に渡してくるというのは気遣ってくれているのだろう。

幾つもの小隊に所属してきたが、今の小隊は居心地の良さを感じていた。

ミント味の携帯食にかじりつこうとすると、俺たちを乗せたトラックが急ブレーキをかけた。

荷台にいた俺たちが横倒しになると、他の小隊の歩兵が運転席に向かって怒鳴りつける。

「痛ぇだろうが！」

彼の意見に俺たちも同意していたが、近くで爆発音が起きた。

俺はすぐにヘルメットをかぶり、戦闘態勢に入った。

小隊も俺に続いて戦闘態勢に入るのだが、周囲からは次々に爆発音が聞こえてくる。

小隊長が武器を持って外に飛び出した。

『何が起きていやがる。状況確認急げ！』

外に出て周囲を確認すると、俺たち歩兵を輸送していたトラックが次々に破壊されていた。

何事かと思っていると、進行方向に三メートルの人型の偽獣がいた。

偽獣らしい禍々しい姿と存在感を放つそいつは、これまでに見たこともなかった。

そもそも人型が存在すると聞いたことがない。

頭部から伸びた二本の角。

細身で長身のその姿。

背中には翼のような何かがあり、それを広げて動かしていた。

尻尾も持っているが、十分に人型と呼べるそいつを見て――ＭＣが照合をかける。

『アンノーン？　未確認の個体だ！』

相手の情報が何もないとなると、二等級以上を想定して動かなければならない。

俺たち歩兵では二等級以上の相手は不可能であり、蹂躙（じゅうりん）されるだけだ。

この場からの撤退を急ぐべきだったが――。

「なっ!?」

気付いた時には、ＭＣの上半身が吹き飛ばされていた。

下半身がゆっくりと倒れこむ。

いつの間にか、ＭＣの側に人型の偽獣が立っていた。

何が起きた？　いつ移動した？　どうしてＭＣが？　混乱していても訓練を受けていた俺は即座に機関銃の引き金を引いていた。

「こいつは自分が引き受けます！」

その間に小隊の仲間たちを逃がそうとした行動だったが、機関銃の弾丸は人型の偽獣の発生させた力場に弾かれてダメージを与えられていなかった。

人型の偽獣は、アーモンド状の両目から涙を流しているような赤い線が二本――口元は笑っているように見えた。

「――え？」

次の瞬間には、俺は吹き飛ばされて地面を転がっていた。

受け身を取る暇もなかった。

何が起きたのかも理解しきれずにいると、仲間の声掛けが聞こえてくる。

『よくもチェリーを！』

小隊長の機関銃が火を噴くが、すぐに音がしなくなった。

ギャンブラーが叫ぶ。

『コミック、ヘアセット、お前らだけでも――』

ギャンブラーの声も消えた。

必死に立ち上がろうとするが、どうやら脚が折れているようだ。

うまく立ち上がれず、俺はヘルメット内で血反吐を吐いた。

内臓もダメージを受けている。

『野郎、よくもギャンブラーを！』

ルーザーの声がした――そう思ったが、すぐに消えてしまった。

止めてくれ。頼むから戦わずに逃げてくれ。

叫びたくても声が出なかった。

『うわぁぁぁ!!』

『来るなぁぁぁ!!』

コミックとヘアセットの発砲する音が聞こえてきたが、その音もすぐに止んだ。

周囲では他の小隊が人型の偽獣から背中を見せて逃げ出し、悲鳴を上げていたが、背後から撃たれて次々に倒れていく。

俺が何とか立ち上がった時には、人型の偽獣がシャイボーイを掴んで持ち上げていた。

「シャイボーイ！」

名を呼び終わる前に、シャイボーイは人型の偽獣にライフルを向けて何度も引き金を引いていた。

俺の方を見て言う。

「逃げ……ろ」

言い終わると同時に、シャイボーイは人型の偽獣に握り潰されてしまった。

人型の偽獣が赤く染まった自分の手を舐めている。

いつの間にか周囲の味方はいなくなり、静寂が広がっていた。

先程まで会話をしていたはずの仲間たちは、周囲に無残な死体として転がっていた。

呼吸が乱れる。

目の前の現実を受け入れきれない。

俺の鈍った本能でも、目の前の偽獣が勝てない存在であるのはわかりきっていた。

それなのに、俺は右腕を上げて機関銃の銃口を人型の偽獣に向ける。

足を引きずるように前に進み、左手に短剣を握る。

「お前……だけは！」

この行動に何の意味があるのか？　ただ敵を刺激するだけではないのか？　黙っていれば見逃される可能性があるのではないか？　そうした可能性の話が頭をよぎるが、何故かすべて無視して人型の偽獣に殺意を向けた。

敵は――笑っているように見えた。

指先を俺の方に向けると、右腕が光に貫かれて焼き払われた。

折れた脚で駆け出せば、今度は人型偽獣の指先から放たれる光に左脚が貫かれた。

いたぶって遊んでいる？　そうとしか思えない人型偽獣の行動に俺は奥歯を噛みしめた。

前のめりに倒れ、今は敵にされるがままだ。

いずれ戦場で死ぬだろうと覚悟はしていた。

だが、実際に死を迎えると――こんなにも胸がモヤモヤするとは思わなかった。

ヘルメット内部のモニターは割れ、ＡＩも機能せず映像は白黒でノイズが酷い。

せめて敵の姿をこの目に焼き付けようと顔を上げると、空から何かが舞い降りて来た。

「戦……乙女」

俺と人型偽獣の間に入り込むように舞い降りたのは、地上の戦いなど無関心であるはずの戦乙女だった。

人型というイレギュラーを無視できずに舞い降りたのだろうか？

たった一機で現れた戦乙女は、背中を向けていて顔が見えない。

映像もノイズが酷く、そして拾った通信はよく聞き取れない。

『早ぁ――急に――』

『このま――せるかっての！』

俺たちでは歯が立たなかった偽獣を相手に、戦乙女が戦いを挑んでいた。

その後ろ姿を見ながら、俺は気を失った。

◇

目覚めると病院らしき場所にいた。

らしき、と曖昧な理由は広い部屋に俺のベッドだけが用意されていたからだ。

周囲を見れば医療機器がこれでもかと並んでおり、生命維持装置まで用意されていた。

自分の体を見れば、心臓も駄目だったのだろう。

今は機械が俺の心臓の代わりをしていた。

視界も狭い。どうやら、左目も怪我を負ったらしい。

手厚い医療を受けている様子に、自分のことながら違和感を覚えた。

ただの歩兵にここまでする理由がないからだ。

妖精機関――組織からすれば俺は一刻も早く消えて欲しい存在だ。

金をかけてまで生かす理由がない。

ベッドに横になりながら、この不自然な状況の理由を考えていると部屋のドアが開いた。

「やぁ、目覚めたと聞いて飛んできちゃったよ。初めまして【一二三（ひふみ）　蓮（れん）】伍長」

その人は初老の男性のように見えたが、言動はまるで子供のようだった。

白衣を着ているので医者だろうか？

眼鏡をかけた小柄で華奢な男性は、小さい目をしていたが瞳はキラキラと輝いていた。

両手に持ったタブレット端末を、横になっている俺に押し付けるように見せつけてくる。

「早速だけど実験に志願してくれないかな？　君のような存在を僕はずっと待ち続けていたんだ」

いきなり現れて急な申し出に、俺は説明を求める。

「実験と言われても自分はこんな体です。それに、自分は組織から嫌われています」

「強化兵士の生き残りだろ？　もちろん、許可は取っているさ。君たちのような生き残りが最適だと上に掛け合ったら、納得してくれたよ」

俺の過去を知りながら実験への参加を求めてくる。

どうやら、怪我の具合も関係ないらしい。

「実験の内容をお聞きしても？」

「構わないけど、聞けば戻れないよ」

「拒否したところで、このまま死ぬだけですから」

どうやら俺の命を繋いでいる理由は、目の前の男が俺の実験への参加を希望したかららしい。ここで断れば、どうせ生命維持装置を止められ俺は死ぬだけだろう。

男は眼鏡を怪しく光らせながら計画について説明する。

「プロメテウス計画……御大層な名前が付けられたけど、要するにヒーローを誕生させようって話さ」

「ヒーローですか？」

「そう。ヒーローだ。男の子は大好きだろ？　僕も大好きだよ」

男は子供のようにはしゃいでいる。

「現状、偽獣に対抗できるのはヴァルキリーたちに限られる。だが、ヴァルキリーたちの操るバトルドレスは女性にしか扱えないという欠点があってね。男性ではどうやっても扱えなかったわけだけど、それなら男性用の対偽獣用の兵器を完成させればいい」

この手の話は何度も出てきたが、どれも失敗に終わったと聞いている。

そもそも、俺たちが使っていたパワードスーツも、元々対偽獣用に開発された。

二等級以上の敵には勝ち目などなかったが。

「これまでに何度も男性の戦力化は計画され、失敗してきたと聞いています」

「あぁ、そうだね。そもそもアプローチを間違えていたからね」

男がタブレット端末を操作して画面を切り替え、俺に極秘資料を見せてくる。

「偽獣が扱う力場が魔力？　何の冗談ですか？」

「特殊な力場を上層部がそう呼んでいるだけさ。ただ、この力を操れるのは偽獣たちだけじゃない。ヴァルキリーも同様だよ」

戦乙女たちも同じ？　同じ力を扱えるから、対抗できたのか？

男は俺に提案してくる。

「失った手脚と臓器の再生治療を行う。ただ——使う細胞は偽獣から採取した物になるけどね」

「それはっ！」

声が大きくなると、体中に激痛が走った。

俺が苦しみに顔を歪めていると、男が数回頷く。

「偽獣と同じ魔力が使えるようになればいいのなら、偽獣の細胞から手脚を再生して扱えるようにすればいい。そのための方法も何とか見つけて、最高の細胞を手に入れたんだけどね……ここで問題が発生してしまったんだよ」

男が困った顔をしながら続ける。

「手術を受け入れてくれる志願者がいない。いたとしても、手術とリハビリに伴う激しい痛みに耐えきれず壊れてしまう者ばかりだった。だけど、君たちは違う。感情を抑制され、激しい痛みにも耐えられるよう強化されて来ただろ？」

偽獣たちの細胞を自分の体に埋め込み、その後に待っているのは激痛だ。

これでは被験者を集めるのも大変だろう。

このまま死んだ方が、安らかに死ねるのは間違いない。

ただ——俺は聞かずにはいられなかった。

「成功率を聞いてもよろしいでしょうか？」

「一割未満だよ」

男は悪びれる様子もなく答えた。

誠意のつもりだろうか？　そもそも、俺がこの申し出を断ると考えているようには見えない。

男は自分の理論が正しいと証明したいだけに見える。

「もちろん、最大限の努力は約束する。少しでも成功率を上げられるようにするし、成功したら君はパイロットだ。伍長のままではかっこうが付かないから、准尉の階級を用意することになったよ。大出世だね」

手術のリスクに出世——俺には興味がなかった。

ただ、偽獣と戦える強さが手に入ることには興味があった。

自分にはまだ存在価値があるのだと思わせてくれるから。

「パイロットとなれば、偽獣と戦えるアーマーが用意されるのですか？」

「ヴァルキリーたちのアーマーと違って、君の場合は人型兵器だね。一時期開発が盛んに行われていたんだけど、コストパフォーマンスの悪さから開発中止になっていたんだよ。

その機体に魔力を扱える装置を積み込んでいる」

タブレット端末を見れば、重厚感のある人型兵器が映し出されていた。

二等級を相手に手も足も出ず敗北した人型兵器は、開発が中止されて久しいはずだ。

計画が中止され、再利用されたという俺と同じ哀れな境遇に親近感が芽生えた。

「――志願します」

手術を受けると言えば、男はタブレット端末を俺の鼻先に持ってくる。

「それじゃあすぐにサインしてくれたまえ！　あぁ、名乗るのが遅れてしまったね。僕の名前は【ジョン・スミス】だ。組織から新しい名前を貰ったんだよ」

ジョン・スミス――どうやら本名ではないらしい。

震える左手でサインをすると、男は大喜びで部屋を出て行く。

「すぐに手術の準備をしてくるよ！」

あの様子なら、すぐにでも戻って来るのだろう。

俺は馬鹿なことをしたと思いながら、自分の左手を見て握りしめる。

「どうせ使い道のない俺の命だ。だったら、少しでも有意義な計画のために使うのも悪くないさ」

組織のためになるよう育てられてきたのが俺たちだ。

今もその目的は変わらない。

それなのに、何故か死んでしまった仲間たちの顔が思い浮かんだ。

一話　女の園

輸送機の貨物室にあるベンチに座り、シートベルトを装着した俺は新しい軍服を着用していた。

階級章は准尉。

戦場を駆けずり回って伍長だった俺が、半年で士官候補生の立場になってしまった。

小隊長がこの場にいれば、笑いながら敬礼をして俺をからかってくるはずだ。

MCが生きていれば悪い冗談だと言うのだろうか?

コミックはいいネタになると喜んだかもしれない。

エンジン音で五月蝿(うるさ)い貨物室には俺一人。

激痛の伴う手術とリハビリに耐え抜き、ようやく計画の実験場になる基地に配属される日を迎えられた。

黒い皮手袋をした右手を見て、何度か握りしめて感触を確かめる。

左脚の調子も悪くはない。

違和感は残っているが、問題なく動いてくれている。

失ったいくつかの臓器——特に心臓も問題なかった。

失明していた左目の視界も以前と変わらない。

本当に偽獣の細胞から再生治療を行ったのか疑わしくなるが、手術とリハビリの際に経験した激痛が何よりの証拠だろう。

「どんな実験だろうと耐え抜いてやり遂げてみせるさ」

自分に言い聞かせるように呟くと、操縦席に座るパイロットの声がスピーカーから大音量で聞こえてくる。

『到着だ。降りる準備をしてくれ』

「了解しました」

あちらに俺の声は聞こえていないと思うが、返事をした俺は自分の荷物を確認する。

たいして荷物もないため、持ってきたのはボストンバッグ一つだけだ。

「さて、次はどんな基地だろうな」

歩兵をやっている時は色んな基地で世話になったが、より強い部隊が揃う基地というのは癖が強い印象を受けた。

新参者に荒々しい歓迎をする者たちも多い。

極秘実験を行う基地でそんな輩（やから）はいないと思いたいが、これればかりは着任するまでわからない。

輸送機が目的地に着陸すると、俺はシートベルトを外して立ち上がった。

後部ハッチが開いたので歩いて降りると、俺を待っていたのは【アリソン・グリーン】副主任だった。

プロメテウス計画の副主任である女性で、スミス博士と同様に白衣姿だ。

だが、こちらは常識人という見た目をしている。

金髪を首の後ろでまとめ、緑色の瞳を持つ四十代の女性だ。

何度も通話をしてきたが、こうして面会するのは初めてだった。

「一二三蓮准尉であります！」

階級を間違えないように注意しながら敬礼を行うと、相手は少し困っていた。

「敬礼は不要よ。私は軍属ではないもの」

「しかし、今回の計画では大尉相当官であると聞き及んでおります」

「ただの肩書きよ。それよりもついてきて。歩きながら現状について説明するわ」

到着した発着場から施設に向けて歩き出したグリーン博士についていき、俺は計画の現状について説明を受ける。

「御大層な名前が付いた計画だけど、受け入れ先を探すのも苦労したわ。これだけの計画となると必要な設備も多くてね。受け入れ先は限られてしまうのよ」

計画の規模を考えると、基地にもそれだけの負担がかかるのだろう。

グリーン博士の声色には、申し訳なさが滲んでいた。

「あなたにとっては辛い場所になるでしょうね。先に謝罪しておくわ」

グリーン博士の口振りからするに、どうやら今回世話になる基地は大きな問題を抱えているらしい。

だが、ここで引き下がるつもりはない。

偽獣と戦うため、存在意義を示すため、俺はどのような基地でもこの任務をやり遂げるつもりでいた。

「問題ありません。どのような環境でも結果を出すだけです」

「あら頼もしい。でも、今回ばかりは難しいかもしれないわよ」

「覚悟の上です」

「……そう」

航空機の発着場と施設を抜けると、基地の全容が見えて来た。

基地の外観を見た俺は目を見開いていたと思う。

想像していたよりも厄介な状況に巻き込まれているようだ。

グリーン博士が俺に振り返る。

「戦乙女を育成して運用する第三学園よ。学園関係者からはマーメイド校なんて呼ばれているらしいわ」

校門が見え、その先にはデザイン性を追求した大きな校舎があった。

学園内には制服姿の女子生徒たちがいて、楽しそうにしている。

俺がこれまで見て来たどんな基地とも違う環境なのは間違いない。

気が付いたら、俺はボストンバッグを落としていた。

硬直する俺を見て、グリーン博士は悪戯が成功して喜ぶように微笑んでいた。

「男性には厳しい環境よね。何しろ、ここ女子校だもの」

予想すらしていなかった状況に、俺はしばらく動けずにいた。

◇

荷物を置いて、向かう先は学園長室だった。

グリーン博士に案内され、これから第三学園の学園長との顔合わせが行われる。

俺は彼女の後ろを歩きながら、この状況について説明を求める。

「どうして戦乙女の育成を行う学園なのでしょうか？」

普段なら上官に意見などしないのだが、俺は自分で思っているよりも動揺しているらしい。

屈強な兵士たちに囲まれるのを想像していたら、俺よりも若い女子生徒たちの学び舎で実験を行うというのだから当然かもしれない。

　グリーン博士は歩きながら、振り返ることもなく答える。

「説明したはずよ。今時、ここまで設備が揃った軍事基地は滅多に存在しないわ。それに秘匿性もバッチリよ。何しろ、世間と切り離されているもの」

　窓を見れば学園の外の景色が見える。

　発着場では気付かなかったが、戦乙女の学園となればここは空の上である可能性が高い。

「空中要塞の話は自分も噂程度には聞いていました。まさか、実在するとは思いませんでしたが」

　空に浮かぶ軍事基地――要塞が存在しているという噂は歩兵の間にも流れていた。

「要塞、ね。でも、今のここは学園よ。これから会う学園長にしても、本来は基地司令の立場だったのよ」

「基地司令ですか？」

「組織では中将様ね」

「っ!?」

　中将といえば俺からすれば雲の上の存在である。

　ただ、そんな中将が学園長とは違和感が強い。

「到着したわ。大丈夫だとは思うけど、学園長を怒らせないでね？　彼女もかつては戦乙女、その第一世代として戦ってきた古強者（ふるつわもの）よ」

立ち止まって注意してくるグリーン博士は、過去に何かあったのか悩ましい顔をしていた。

心当たりが一つだけあった。

「……スミス博士が何かしたのでしょうか？」

俺の予想は当たっていたようで、グリーン博士が溜息を吐（つ）いた。

「初日に質問攻めにして怒らせたわ。——アリソンです。学園長、例の被験者を連れてきました」

言いながらノックをすると、部屋から入室の許可が出される。

『お待ちしておりましたわ』

言葉遣いから軍人らしからぬ雰囲気を感じた。

両開きのドアが開かれ、中に入るとちょうど席を立とうとしている学園長の姿があった。

「ここマーメイドで学園長をしている【加瀬（かせ）　夏子（なつこ）】です。以後、お見知りおきを」

微笑みながら挨拶をしてくる学園長は、一見するとお淑やかな女性だった。

淑女という言葉が相応（ふさわ）しい女性ではあるが、同時に異様さを兼ね備えていた。

百八十センチの俺よりも背が高く、未だに現役のような体付きをしている。

軍服ではなくクラシカルな洋服姿なのも、俺にとっては強い違和感だ。

また、中将でありながら若い。若すぎる容姿をしていた。

話を聞いていた限りでは高齢という話だったが、目の前の女性とは結びつかない。

戸惑いを隠して敬礼をしながら挨拶を行う。

「一二三蓮准尉であります。本日付で配属となりました。以後、お世話になります」

加瀬学園長は、俺を見ながら困ったように微笑んで首を傾げ、頬に手を当てていた。

「う〜ん、堅いわね。ここだと浮いてしまいそうだわ」

どうやら俺の挨拶はお気に召さなかったらしい。

グリーン博士が引き継ぎ、話を進めてくれる。

「彼は特殊な立場にあります。基本的にお借りしている施設から出る場合は許可を取りますので、女子生徒たちとの接触は最低限になるよう努力します」

戦乙女たちは学校に通っていてもおかしくない若い女性ばかりである。

俺のような存在が接触するのは避けた方がいい、とグリーン博士が提案した。

まったく同意見であるのだが、加瀬学園長は納得していないのか困り顔だ。

「それではわざわざ受け入れた意味がないわ。わたくしがプロメテウス計画を受け入れた理由は、子供たちのためなのよ」

子供たち？　女子生徒たちのことだろうか？

グリーン博士の方を見ると、僅かに眉間に皺が寄っているように見えた。

予定と違うために反応に困っている様子とは少し違うようだ。

すぐに表情を改め、加瀬学園長の真意を探る。

「接触は最小限にする方向で調整していたはずですが？」

加瀬学園長は微笑んでいたが、そこには俺たちに対する圧が感じられた。

「ええ、最小限で交流してもらうわ。不純異性交遊などもってのほかだもの。けれどね、女子校ともなると異性との付き合いを学ぶ機会が少ないでしょう？　女子生徒たちに、少しは異性との付き合い方を学んでほしいのよ」

指導者としての悩みなのだろうか？　加瀬学園長の希望に対して、グリーン博士は悩ましい顔をしていたが受け入れるようだ。

「承知しました。詳細は後で詰めましょう」

「よろしく頼むわね。あぁ、それから」

加瀬学園長が俺に歩み寄って来る。

ヒールを履いた加瀬学園長が俺の目の前に来ると、見下ろしてきた。

「坊やを歓迎している子は少ないの。それだけは覚えておきなさい。学園長として注意はするけれど、うちの子供たちは少々荒っぽいから気を付けてね」

「……助言、感謝いたします」

◇

学園長室を後にすると、グリーン博士の歩幅が来る時よりも広がっていた。

足早に開発チームの格納庫に向かう彼女の背中は、先ほどの加瀬学園長の態度について苛立っているように見えた。

「こちらの計画など眼中にないようね」

「そうでしょうか？」

「気付かなかったの？　男性が対偽獣の戦力化に成功すれば、煽りを受けるのは彼女たち戦乙女よ。組織内の予算配分も変わるだろうし、政治的な立場も危うくなるわ。まさか素直に私たちを受け入れた理由が、女子生徒に異性との付き合い方を学ばせるためとはね……随分と舐められているわね」

男性の戦力化に成功すれば、戦乙女一強の時代も終わりが来る。

加瀬学園長が言っていた、俺は学園の関係者に歓迎されていないという意味にも繋がる。

俺はこの学園にとって邪魔者、あるいは敵というわけだ。

ただ、今の俺は個人的な問題が急務だった。

「……グリーン博士」

「アリソンと呼んで」

「それではアリソン博士に質問があります」

「何？」

歩みを止めない彼女についていきながら、俺は先程発生した問題について回答を求める。

「女性との付き合いについては訓練を受けておりません。どのように接すればいいでしょうか？　教本などがあればお借りしたいのですが？」

施設に送られて以降、俺は女性と関わる機会が少なかった。

女子生徒との接し方など、これまでに経験すらない。

この難局にどのように挑めばいいのか？

アリソン博士は立ち止まり上半身のみ振り向かせると、目を丸くしていた。

「本気で聞いているのよね？」

「はい」

この問題に関して自分はあまりにも準備不足であった。

額に手を当てるアリソン博士は、深い溜息を吐いた。

どうやら訓練不足と知られて失望させてしまったらしい。

「君まで問題児だとは思わなかったわ」

◇

「聞いた？　男が編入してくるらしいよ」

「例の実験でしょ？　失敗するのにわざわざ受け入れるとか、学園長も何を考えているのかわからないよね」

校舎の廊下にて、二人の生徒が男性の話題を出していた。

第三学園の白い制服の上からグレーのブレザーを着用している女子生徒【ルイーズ・デュラン】が、足を止めて二人の会話に割り込む。

「何の話をしているの？」

興味津々という顔をするルイーズは、優しそうな雰囲気を持つ女子生徒だ。

銀色の長い髪はゆるく、ふわりと膨らんでいる。

瞳は黄色のたれ目、口調ものんびりとしていて周囲から温和な子だと思われていた。

豊満な胸が包容力を醸し出しており、同じ五組のクラスメイトたちからは可愛がられていた。

二人はルイーズが会話に加わることに抵抗がないばかりか、歓迎していた。

「ルイーズも聞いたでしょ。この学園に男性パイロットが来たって。それで、そいつがうちらの五組に編入するんじゃないかって噂が流れているのよ」

「噂といってもほぼほぼ決定みたいだけどね」

学園にも男性職員は存在しているが、女子生徒たちが普段生活している校舎や寮ではあまり見かけない。

学園側が遠ざけている状況で、自分たちが在籍している五組に男性が入るというのは二人には抵抗があるらしい。

ルイーズは困った顔で笑った。

「……その話は初めて聞いたわ」

知らなかったと言うルイーズに、二人は呆れ顔をする。

「本当にルイーズは流行とか噂に疎いよね。まぁ、そういうわけで男子がクラスメイトになるわけよ」

一人が男子と言うと、もう一人が笑い出す。

「男子って。偶然見かけた子の話だと、どう見ても二十歳を超えているって聞いたよ。男子はないでしょ」

男子という年齢ではないと言うと、ルイーズが両手を腰に当てて胸を張った。

「それなら間違いじゃないよ。そもそも子という字は一から了で構成されていて、始まりから終わりまでを意味するから男子でも問題ないと思うの」

ルイーズは親の都合で中学に上がる前に日本に来て、そのまま戦乙女の適性試験に合格して第三学園に入学した。

かつては日本語が拙かったが、本人が勤勉で言語の勉強を欠かしていない。

学んだ言葉を自慢げに披露するルイーズに、二人は顔を見合わせて苦笑していた。

「間違いじゃないかもしれないけど、世間一般的に言わないよね」

「そういう言葉ってあるよね。でも、ルイーズらしいけどさ」

どこか抜けている、というのがクラスメイトたちのルイーズへの評価だろう。

ルイーズは恥ずかしそうにする。

「ち、違うの？　ううっ、また間違えちゃったよ。もう何人にも自慢したのに」

悲しい顔をしているルイーズを二人の女子生徒が慰めていると、制服の上からローブをまとった女子生徒たちがやって来た。

一人はグレーのローブを身に着けており、黒髪おかっぱに眼鏡という大人しそうな見た目をした女子生徒だった。

その後ろを歩いているのは、赤いローブを身に着けたショートヘアーの女子生徒だ。

二人に気付いた三人は、慌てて道を譲るように端に移動して横に並んだ。

黒髪の女子の方は三人を気にも留めていないようだったが……もう一人、赤いローブを着用している女子生徒が、ルイーズたちの前で足を止めた。

鋭い目つきで睨まれたルイーズは、ぎこちない笑みを浮かべる。

「久しぶり……隼瀬（はやせ）さん」

相手は中学時代の元同級生ながら、現在はルイーズよりも格上となった【隼瀬　真矢（まや）】だった。

ローブの着用が許されているのは、正式な戦乙女の証のようなもの。

中でもグレー以外の色付きというのは特別な存在だった。

五組の女子生徒たちからすれば、ローブの着用が許された彼女たちは上位の存在である。

「相変わらずみたいね。……気に入らないわ」

真矢はそれだけ言うと、先に進んだ黒髪の女子生徒を追いかける。

二人が去ると、ルイーズは気が抜けたように溜息を吐いた。

「はふぅ～、怖かったよ～」

巻き込まれたクラスメイト二人が、ルイーズに事情を確認してくる。

「ちょっと、何で隼瀬に睨まれているのよ？」

「ルイーズとは同級生だよね？　何かあったの？」

二人に問い詰められたルイーズは、頬を指でかきながら困ったように微笑む。

「中等部の頃から嫌われていたの。私は嫌いじゃないんだけど、隼瀬さんは……私のことが嫌いみたいで」

クラスメイトの二人がルイーズに同情的な視線を向けていた。

「自分を嫌っていた同級生が今ではエースか……」

「ルイーズも可哀想に」

エースに嫌われる――それは、五組という予備戦力扱いの女子生徒たちにとって、大きなマイナスになる。

ルイーズは泣きそうな顔になっていた。

「言わないでよ。私だってこのままだとまずい、って理解しているんだから～」

真矢が先を歩いていた女子生徒【空島(そらじま)　麻衣(まい)】に追いつくと、先ほどの行いについて問われる。

麻衣は前を向いており、振り向きもしない。

「五組の子たちを威圧するなんてどうしたの？　あなたらしくないわね」

真矢は先程からずっと不満そうな顔をしたままだ。

「中等部の頃から嫌いな子がいたんですよ」

「さっきの銀髪の子？　美桜(みお)先生がスカウト候補に入れていたはずだけど……もしかして、拒否したのはあなただったの？」

麻衣が顔だけを振り向かせて真矢を見る。

鋭い目つきは、わがままな真矢に対して怒りを抱いているようだった。

「相談されたので私は嫌だと答えただけです。あの子とは一緒に戦いたくないと言っただけですよ」

「エースが言えば受け入れない理由としては十分よ。わたしたち三組の状況を理解していないようね？」

「理解していますよ」

素っ気ない返事をする真矢は、この話を続けたくないようだ。

麻衣から顔を背けていた。

だが、麻衣の追及は止まらない。

「彼女は優秀よ。他のクラスも狙っていると聞くし、あなたのわがままで三組の戦力補充が遅れるのは許されないわ。――もっとエースとしての自覚を持ちなさい」

麻衣が前を向くと、真矢は更に不機嫌になる。

「誰もエースにしてくれなんて頼んでいませんよ」

「色付きのローブを着用できるのは、この学園でも四人だけよ。その内の一人に選ばれたのだから、自覚は持って当然だと思わない？」

小言が嫌になった真矢は、麻衣を挑発する。

「前任のエース様の言葉は重みが違いますね。私にエースの座を奪われたからって八つ当たりとか止めてくれません？」

麻衣が立ち止まると、真矢も立ち止まる。

一触即発の雰囲気になりかけるが、麻衣が上半身だけを振り向かせた。

麻衣の表情は悲しそうにも見える。

「実力はあるけど身勝手でわがまま――あなた、エースに向いているわ。人としてはどうかと思うけど、これからも三組のために頑張ってね」

言い返された真矢は、上官である麻衣に向かって言い放つ。

「クラスとか興味ありませんね。私は私のために戦うだけですから」

強がりではなく、真矢は本心を語っていた。

自分のために戦うことに恥じることはない、と。

麻衣は小さくため息を吐いていた。

「好きにして頂戴。三組のためになるなら、わたしもあなたの人格は気にしないわ」

二話　五組

早朝からアリソン博士と一緒に、校舎の廊下を歩いていた。

向かう先は俺が配属される部隊が教育を受ける場――つまり教室だ。

現役の戦乙女たちは全員が女子生徒であるらしく、彼女たちは出撃や訓練、待機状態でなければ一般の学生と同じく普通の授業を受けているらしい。

アリソン博士は私服の上から白衣を着用しており、ポケットに手を入れて歩きながら必要事項の通達を行ってくる。

「機体が届くまでしばらく時間があります。スミス博士が機体の調整に満足すれば、一緒に運ばれてくるはずよ」

アリソン博士の言葉には、スミス博士に対する僅かばかりの棘が含まれていた。

「スミス博士と実験機が到着するまでは、君にはトレーニングメニューを消化してもらいます。それから、加瀬学園長からの要望にも応えてもらうわ。基地司令でもある彼女にへそを曲げられたらたまらないもの」

アリソン博士はそう言いながら、窓の方に視線を向ける。

まだ授業は始まっていないというのに、女子生徒たちが運動着に着替えてグラウンドで訓練に励んでいた。

ただ、やはり軍事基地とは違っていた。

着用しているトレーニングウェアは、ショートパンツにノースリーブという恰好である。

俺がグラウンドの様子を見ているのが気になったのか、アリソン博士が尋ねてくる。

何故か笑みを浮かべていた。

「わざわざ立ち止まって見つめるなんて、随分と気になっているのね」

アリソン博士の言う通り、俺は気になっていた。

「はい。現在は訓練時間ではありませんので、彼女たちは自主的にトレーニングを行っていると推測いたします。この基地の士気が高い証拠です」

流石は戦乙女の基地であると感心していると、アリソン博士が大きなため息を吐いた。

「一つ確認したいのだけれど……部活動は知っているかしら？　朝練とか聞いたことは？」

「存じております。……まさか、彼女たちは訓練ではなく部活動の朝練中なのでしょうか？」

「ええ、そうね」

アリソン博士が疲れた顔で肯定する。

前の部隊で部活動について仲間が話していたのを聞いた覚えがある。

俺は部活動を経験していなかったので会話に入れなかったが、まさかこの基地で本物を見られるとは思わなかった。

「初めて見ました」

「それはよかったわね」

「はい」

アリソン博士が歩きだしたので、その後をついていく。

朝練中の女子生徒たちの掛け声などが聞こえて来る廊下で、アリソン博士が話すのはこれから俺が配属される部隊——クラスについてだった。

「さて、これからの予定を伝えるわ。君が転入するのは五組……中等部を卒業した戦乙女たちが配置される、予備戦力をまとめたクラスだと思えばいいわ」

「予備戦力？」

「戦乙女たちのバルキリードレスには数に限りがあるのよ。中等部で三年間の訓練を受けた卵たちは、無事に卒業してヒヨッコになっても正式な戦乙女じゃないの。一から四組までの正規部隊にスカウトされて、はじめて本物の戦乙女になれるのよ」

「選ばれなかった場合はどうなるのですか？」

「三年間の在籍後に卒業になるわ。もっとも、中等部を卒業した時点で彼女たちはエリートよ。組織内では彼女たちしか就けない仕事も多いから、生活に困ることはないでしょうね」

　華々しい活躍だけが目についていたが、戦場で見かけた戦乙女たちは厳しい競争に勝ち抜いてきた精鋭だったようだ。

「そのような事情があるとは知りませんでした」

「公言している話ではないし、君も漏らさないように注意しなさい。もっとも、知っている人たちは知っているから、機密というわけでもないのだけれどね」

　窓の方に視線を向ければ、早朝から笑顔で汗を流す女子生徒たちの姿が見えた。

◇

　五組の教室は階段状になっており、クラスに在籍している女子生徒の数も多かった。

　全員が十八歳までの女子生徒たちで、ホワイトボードの前に立つ俺に視線を向けていた。

「本日よりこの部隊でお世話になることになりました。一二三蓮准尉であります！」

　教室に響き渡る声を出し、敬礼を行った。

　俺の隣に立つ五組の教官は、とても歓迎しているとは思えない渋い表情をしている。

　元戦乙女の彼女は、現在は教官として後進の育成をしている。

「朝から随分と元気だな、一二三」

「はっ、着任の挨拶なので気合を入れました！」

休め、の姿勢で答えると教官の眉間に皺ができた。

「今のは嫌みだったんだが、察してもらえないようで先生は悲しいぞ」

「失礼しました！」

「……ここも書類上は軍事基地だが、軍隊式は止めてもらおうか。我々は彼女たちを生徒として扱っている。ここではお前が我々に合わせろ」

「了解しました！」

教室が広いため声を張り上げているのだが、教官殿は迷惑そうな顔をしていた。

女子生徒たちを見れば、俺に向けている視線はどれも好意的とは言えない。

警戒している女子生徒が大半で、中には敵意を向けてくる相手もいる。

俺がこの基地では異物であると、彼女たちの態度が語っていた。

ただ——。

「それでは一二三の席は——」

教官殿が俺の席を決めようと、教室内に視線を巡らせると一人の女子生徒が右手を大きく挙げていた。

「はい、先生！　私の隣が空いています！　ここです、ここ！　ルイーズの右隣が空いております！」

――銀髪の女子生徒が元気よく、そして好奇心に満ちた表情をして俺の席を指定していた。

教官殿は教室内を見渡してから、面倒そうに俺に告げる。

「それではルイーズの隣に行け」

「はっ」

返事をして足早に移動して席に着くと、左隣の女子生徒が話しかけてくる。

「今日から同じクラスですね。私はルイーズ・デュランです。一二三蓮さん？　それとも君？　どっちがいいですか？」

好奇心旺盛な彼女が身を乗り出すように距離を詰めて来た。

「五組の方たちは全員が准尉であると聞いております。皆さんの方が先任ですから、好きに呼んでいただいて構いません」

「だったら蓮君ですね！　私のことはルイーズと呼び捨てにするように。これ、先輩からの命令ですよ。逆らっては駄目ですからね」

確かにルイーズ准尉の方が先任であるが、命令は実行できない。互いに准尉である。教官殿が言うのであれば問題ないが、指揮系統を考えるとこの命令は受けられない。

ただ、ここは軍事基地であると同時に学園だ。

学園内のルールが存在している場合があり、それを無視するのは今後の円滑な人間関係の構築を考えれば悪手である。

問題は、これが学園内の公式ルールであるかどうかだろう。

「……命令ですか」

俺が悩んでいると難色を示したと思ったのか、ルイーズ准尉がアタフタとし始める。

「駄目ですか？　それならお願いならどうです？」

怯えるような態度で頼んでくるルイーズ准尉だが、お願いとあれば問題ない。

「お願いならば問題ありません。自分のことも好きに呼んで頂いて結構です」

ルイーズの心配そうな顔が、満面の笑みに変わった。

「それなら、今日から私たちは友達ですね。よろしくお願いしますね、蓮君！」

「この基地に不慣れな自分では迷惑をかけることもあるでしょうが、ご指導よろしくお願いいたします」

「かたい。かたいよ、蓮君。もっとお友達らしく話そうよ」

「お友達らしく、ですか？　……善処します」

ルイーズと会話をしていると、教官殿が注意をしてくる。

「挨拶は終わったか？　それではホームルームは終わりだ。連絡事項に関しては各々の端末で確認しろ。以上」

◇

一限目の授業は戦乙女の戦場での立ち居振る舞いに関するものだった。

ホワイトボードの前に立つ教官は、端末を操作してモニターを使用して説明を行っている。

「これから君たちに教えるのは、戦場で落下した際の対処方法だ」

戦場で落下し、地上に降りた際の行動について説明が行われる。

「戦場で緊急時に地上に落下、あるいは降下した場合、我々は即座に救助部隊を向かわせる」

映像に表示されるのは、地上で戦闘を行う歩兵部隊だった。

部隊の規模、装備を見る限り、映像に用意されたのは精鋭部隊だ。

都合よく精鋭部隊が向かう場合は少なく、多くは近場の部隊が向かわされる。

教官殿は俺の方を一瞥(いちべつ)したが、すぐに授業に戻った。

「救助部隊に回収されたら即座に移動を開始しろ。歩兵との無駄話も禁止だ。話しかけられても無駄話には一切答えるな。必要がある場合は冷たく接しろ。情を見せず、一秒でも早く戦場から撤退することだけを考えて行動するように」

隣の席に座るルイーズが、俺の方をちらちら見ながら控えめに手を挙げていた。

教官殿がルイーズを指名する。

「何だ、ルイーズ？」

「助けられて冷たくする意味はあるのでしょうか？　お礼くらいは言った方がいいと思うのですが？」

周囲も俺の経歴を知っているのか、質問したルイーズよりも俺に視線が集まっていた。

教官殿も俺の方を見ていたが、端末に視線を戻す。

「戦乙女だろうとバルキリードレスがなければ、三等級を相手に命を落とす場合がある。地上戦力の主力である歩兵ならばなおのことだ。その状況で自己満足のために時間を使い、たった数秒のロスが命取りになってもいいのなら好きにしろ。だが、個人的な意見として、自己満足のためだけに歩兵を無駄死にさせる愚か者がこの教室にいないことを願う」

一秒でも早く撤退するのは賛成だ。

だが、冷たく接する意図は理解できない。

命がけで助けに来たのに、冷たくされると救助する意欲を削られる歩兵がいるためだ。

ルイーズも俺を気にかけてくれているらしく、教官殿に意見する。

「その場合、冷たく接する必要ないと思うんですが？」

教官殿は悩ましい表情をしながら、現状のマニュアルが出来た経緯を説明する。

「危機的状況下で救われ、運命的な出会いと勘違いするケースが多発した過去がある。まだ現役で戦える戦乙女たちが次々に卒業していった。組織は戦乙女一人を育成するのにかなりの予算を投じている。勘違いで簡単に卒業されては割に合わないと思わないか？」

コミックとヘアセットが聞いたら喜びそうな話だ。確かに精鋭中の精鋭である戦乙女が一人抜けるだけでも大きな痛手だろう。

今後も現役として戦ってくれると戦力として計算していたら、運命の出会い？　により退役されては組織も困るはずだ。

戦場のラブロマンス？　のせいで予定が狂うのは看過できないだろう。

ルイーズとは違う女子生徒が、手を挙げて発言する。

「本当に運命的な出会いだったら許されるのでしょうか？　別に好きになったら構わないと思いますけど？」

笑いながらの質問は、教官殿を困らせるような意図が見えた。

教官殿は答える。

「現在は関係を持った時点で調査が入り、歩兵側が厳しく罰せられる。戦乙女側が罪に問われないのは、歩兵一人よりも君たちの方を組織が重要視しているからだ。さて──命がけで助けてくれた歩兵たちが、理不尽な目に遭うわけだが、これを君たちは一時の感情で許容すると言いたいのかな？」

女子生徒たちが押し黙ってしまうと、教官殿は言う。

「組織は君たちのために莫大な予算を投じて育成している。それは、君たちが二等級以上の偽獣と戦える貴重な戦力であると同時に、世界の守り手であるからだ。一時の気の迷いですべてを投げ捨てることがないように願う」

過去に落下した戦乙女を何度か救助したことがある。

その際、全員が俺たち歩兵に冷たい態度を取って来た。

その理由をこの場で聞くことになるとは思わなかった。

教官殿が俺の方に視線を向けてくる。

「さて、実際に地上で歩兵をしていた一二三に感想を聞いてみようじゃないか。お前が助けた戦乙女たちはどんな態度だった？」

「救助した戦乙女全員が、歩兵に対して壁を作っていました。……一つ質問をよろしいでしょうか？」

「何だ？」

「歩兵側に戦乙女と関係を持つと罰せられる、という話は聞こえてきませんでした。正式な通達もなかったはずです」

どうして歩兵には通達されなかったのか？　俺の疑問に教官殿は答える。

「下手に知られて巧妙な手段に出られても困る。戦乙女と付き合えて浮かれている輩の方が捕まえやすい……それだけだ」

一瞬、ヘアセットの顔が思い浮かんだ。

ヘアセットならば、戦乙女と付き合えても浮かれてすぐにぼろを出すだろうな、と。

◇

放課後。

授業が終わると、五組の女子生徒たちは荷物をまとめてバラバラと教室を出て行く。

「放課後はどうする？」

「給料前だから節約したいかも」

「早く給料日になってほしいよね」

放課後は自由時間となっているらしく、部隊の仲間——クラスメイトたちは思い思いに過ごすようだ。

俺も荷物をまとめ、格納庫に戻って今日の訓練メニューを消化するつもりだ。

教室を出ようとすると、ルイーズも立ち上がって話しかけてくる。

「蓮君はこれから開発チームと合流するの？　実験機に興味があるんだけどよかったら見せてくれたりしないかな？」

手を合わせてお願いしてくるルイーズに、俺は断るしかなかった。

「自分では許可を出す権限がありません。確認は取ってみます」

「そ、そうなんだ。うん、ごめんね」

寂しそうに微笑むルイーズは、あっさりと引き下がる。

だが、周囲は許してくれないらしい。

「それってどうなの？　今日一日、ルイーズに世話になったのにさ。見学くらいさせてあげればいいのに」

教室内に残った女子生徒の言葉をきっかけに、周囲の視線が俺に集まった。

開発チームは基地に間借りさせてもらっている立場だが、機密事項も多い。

事前確認は必須だと思うのだが、ここでは違うのだろうか？

「先ほども述べたように自分には権限がありません。ですが、責任者に確認することは可能です。返答は後日とさせていただきます」

女子生徒たちが俺を見て言う。

「今の態度ってないよね。最悪」

「気が利かないよね」

「ルイーズが可哀想」

どうやら俺は選択を間違ったらしい。

何が問題だったのだろうか？　格納庫に連れて行けば機密事項の漏洩に繋がる恐れもあるため、現時点での同行は確認が必要だ。

明日返事をする、というのも駄目だったのだろうか？

何を間違えたのか悩んでいると、ルイーズが慌てながら周囲をとりなしてくれる。

「みんな、あんまり責めちゃだめだよ。今のお願いは私も悪いし、ちゃんと確認を取ってくれるって約束したんだからさ」

周囲も「ルイーズがそう言うのならば」と理解してくれたようで、これ以上は責めないらしい。

皆が教室を出て行くと、ルイーズが両手を合わせて俺に謝罪をしてくる。

「本当にごめんね！　まさか、みんながあそこまで怒るとは思っていなかったの」

「気にしていません。それに、実験機は学園外で調整中ですので、まだ運び込まれていません。見るべき物はありませんよ」

「そうなの？　それなら、蓮君は何をしているのかな？」

「座学と訓練を行っています。それでは、自分はこれで」

腕時計を確認すると、そろそろ座学の授業が始まってしまう時間だった。

急いで格納庫に向かわなければ間に合わない。

走らない程度に教室を出て行くと、ルイーズの明るい声が聞こえてくる。

「また明日ね！」

教室の出入り口で立ち止まった俺は、振り返って敬礼をしようとして——右手を握りしめた。

右手を小さく振る。

「はい。それでは、また明日」

三話　実験機

　五組に在籍して数日が経過した頃だ。

　学園は日曜日ということで休日となり、俺は朝からプロメテウス計画の開発チームに貸し出された格納庫で待機していた。

「オーライ、オーライ！」

「固定具の取り外し急げよ」

「コンテナの中身は念入りに確認しておくんだぞ」

　整備兵たちが朝から忙しそうに動き回っていた。

　受け入れ準備を済ませた格納庫では、計画の中心となる実験機の搬入作業が進んでいる。

　邪魔にならないように隅の方で実験機を眺めていた俺は、シートを剥がされ、格納庫内で立たされたソイツの感想をこぼす。

「人型兵器の実物を見たのは初めてです」

　対偽獣用として期待され開発された人型兵器は、戦場では役に立たず開発計画自体が中止されている。

保管されていた機体を開発チームが回収し、整備と改修を行って第三学園に運び込んでいた。

俺の傍にはアリソン博士の姿もある。

忙しそうに動き回る整備兵たちを時折眺めながら、自身は折りたたみ椅子を持ち出して座っていた。

タブレット端末を操作して、今後の計画のチェックを行っていた。

アリソン博士の視線はタブレット端末の画面を見たままだ。

「計画が中止になって十年以上かしらね？　持ってきた実験機も、どこかの倉庫で眠っていた機体らしいわ。整備が大変だったみたいよ」

「十年前の機体が動くのですか？」

「動かせるようにしたのよ。そもそも、プロメテウス計画は大きな実績がないからね。組織が用意してくれる予算にも限界があるのよ。使える物は何でも使わないとね」

「世知辛い、というやつですか？」

俺からすれば利用できる物は何でも利用すべきだが、計画のために新機体を開発している余裕がないのは、開発チームの現状を物語っているように感じられた。

「あなたが世知辛いなんて言うとは思わなかった」

アリソン博士が顔を上げて興味深そうにしていたので、俺は文句の多かった男を思い出していた。

「口の悪い仲間がよく言っていました」

「あら、そう」

アリソン博士は俺の話に興味をなくすと、実験機の方に視線を向ける。

固定具から解放された実験機は、重装甲で見た目からして重そうだ。

眺めていると、格納庫にやけにテンションの高いキノコ頭の博士がやって来た。

スミス博士だ。

「一二三君、元気だったかい？　五組に編入されたと聞いた時は驚いたけど、こうしてこの場にいるならそれなりにやっているようだね。それにしても、第三学園の学園長の発想には驚かされるよね。てっきり距離を置かれるものかと思っていたら、まさか戦乙女たちと交流させるとは思わなかったよ。僕たち開発チームを受け入れてくれた学園長は、やっぱり変わり者だよね」

挨拶と同時に自分の言いたいことを言い終わったスミス博士は、満足したのか俺の返事を聞く前にアリソン博士に近付いていく。

「アリソン君も元気そうで何よりだ。それより聞いてくれるかな？　実験機の整備中に新しいアイデアが――」

今度はアリソン博士にまくし立てようとするが、二人の付き合いは長いようだ。

長話を聞く気がないのか、さっさと返事をしてしまう。

「ええ、元気ですよ。それから、実験機の話は後にしましょう。パイロットと機体が揃ったのですから、今後の計画について詰めたいので」

スミス博士の扱いは心得た物らしい。

話を止められたスミス博士だが、本人は少しも気にした様子がなかった。

「そうだね。とりあえず実験機の起動実験から始めようか」

人型兵器の起動実験と聞いて、俺は疑問に思った事を尋ねる。

「スミス博士、質問をよろしいでしょうか？」

「何かな、一二三君？」

「実験機は地上にて整備を行ったと聞いております。起動実験は地上でも出来たのではないでしょうか？」

「あぁ、勿論そうだよ。地上では問題なく動いた。けれど、それはあくまでも一般のパイロットが動かした場合だからね。魔力コンバーターを積み込んだ機体に君が乗った場合、異常が発生しないとは断言できないよ。やっぱり、魔力絡みの実験は学園でやらないとね。ほら、機密の塊でもあるわけだしさ」

積み込んだ装置が悪さをするかもしれないので、やはり実験は必要らしい。

アリソン博士も起動実験には賛成のようだ。

「元々君は歩兵でパイロットではないものね。起動実験と並行して、実機による訓練を行う予定よ」

「質問に答えて頂き、ありがとうございます」

敬礼をすると、スミス博士が笑い出す。

「一二三君は相変わらずだね。その態度だと、この学園で浮くんじゃないかな？」

「はい、浮いていると自覚しております」

女子校の教室に男がいるというだけでも浮いているのに、どうやら俺の性格は一般的な男子生徒とかけ離れているらしい。

五組では自分が浮いているという自覚くらいはあった。

俺の返事にアリソン博士は深いため息を吐いていた。

「元気のいい返事だこと」

「ありがとうございます」

「皮肉よ。君もスミス博士と一緒に、一般常識を勉強した方がいいわね」

アリソン博士に常識を学べと言われたのだが、途中まで無関係だと思っていたスミス博士も名前を挙げられて驚く。

「え、僕もかい？」

◇

パイロットスーツに着替えた俺は、実験機の狭いコックピットに体を滑り込ませた。

元から身動きを取るのも一苦労な狭さであったが、実験用の計器類が追加されて更に窮屈になっていた。

操縦席に座ってシートベルトを着用し、淡々と機体を起動させる準備に入った。

「テストパイロットの一二三蓮准尉、これより試作実験機 XFA-10 サンダーボルト改修型の起動を行います」

インカムで開発チームに伝えれば、スミス博士の顔が起動したモニターに映し出された。

特に問題はないようだが、個人的に気になることがあるらしい。

『う〜ん、堅い。もっと気楽に行こうよ、一二三君』

「気楽、でありますか？　そう言われましても自分には――」

面白みに欠けるとはよく言われる俺の返事に、スミス博士が手の平をこちらに向けてきた。

口を閉じろ、という意味だと理解して俺は黙る。

スミス博士は少しばかり思案した後に、笑みを浮かべて何度か頷く。

『機体名はサンダーボルトでいいよ。改修型と言っても正式採用されなかった実験機だからね。問題は一二三君のコールサインだよ。こういう時、パイロットはコールサインで呼ばれる物じゃないのかな？』

「コールサインでありますか？　……歩兵部隊に所属している頃はチェリーと呼ばれていました」

懐かしのコールサインを口にすると、何故か胸を締め付けられる。

モニターの向こう側でスミス博士は首を傾げていた。

『一二三君がチェリー？　サクランボとは、君のイメージと繋がらないコールサインだね。何か意味があるのかい？』

「それは自分が――」

意味を説明しようとすると、アリソン博士がわざとらしい大きな咳払いをして会話を遮った。

『コールサインは新しい物に変えましょう。准尉の希望はあるかしら？』

「いえ、自分はチェリーに愛着を持っております」

『……スミス博士の希望はありますか？』

アリソン博士が望んだ回答ではなかったようで、コールサインについてスミス博士に意見を求めていた。

『アイファズフト……ちょっと呼びにくいかな？　それならエンヴィーにしよう。うん、今日から一二三君のコールサインはエンヴィーだ』

満足した顔をするスミス博士の横では、呆れた顔をするアリソン博士の顔が映る。

『スミス博士にしては随分と嫌みを込めましたね。上層部批判ですか？』

上層部批判とは穏やかではないため、俺も黙ってはいられない。

「批判的な言動はよろしくないと思われますが？」

心配した俺に、スミス博士は中指で眼鏡の位置を調整しながら微笑む。

『アイファズフトは日本語なら嫉妬という意味だね。エンヴィーも同様でね。それに、戦乙女の力に嫉妬している我々に因んだピッタリのコールサインだよ。そうは思わないかい？』

「嫉妬ですか……」

コールサインが嫉妬というのは如何(いかが)なものか？　そう思う一方で、前小隊でチェリーというコールサインを付けられた思い出が蘇った。

旧時代の軍隊ではあえて変なコールサインを付けることがあったそうだ。

偽獣襲来後、崩壊した軍隊を再編したのは妖精機関だ。

再編後も軍隊の流儀が残り、受け継がれて今に至っている。

チェリーと呼ばれていた俺が嫉妬と呼ばれるのは、親近感がわくとでも言えばいいのだろうか？　小隊を思い出すので嫌いではなかった。

それに、チェリーからエンヴィーに変更となれば、むしろ「格好良すぎる」と前小隊の仲間たちにからかわれただろう。

「……自分は賛成です。コールサイン、エンヴィー、了解しました」

スミス博士の意見に同意すると、アリソン博士が眉間に皺を作っていた。

『君まで同意するとは思わなかったわ。……本当にエンヴィーで登録しておきますよ。後から文句を言われても知りませんからね』

『大丈夫さ。むしろ、日本の戦乙女たちは喜ぶんじゃないかな？　僕たちは間借りしている身だからね。彼女たちに謙虚な姿勢を示しておこうじゃないか』

自ら嫉妬と名乗り、第三学園の女子生徒たちに媚びを売る。

俺たち開発チームの現状を物語っているように聞こえた。

◇

サンダーボルトの起動は問題なく行われた。

元から起動実験は終了しており、正常に動くと判断されて運び込まれた機体だ。

起動したサンダーボルトを操縦席で操る俺は、現在は格納庫近くに用意された広場で歩行を行っていた。

広場と言ってもコンテナが積まれた場所で、使えるスペースも限られていた。

実験場がほしいと開発チームが懇願すると、学園側が整理の行き届いていないこのエリアを指定してきたらしい。

実験場スペースを確保したいのなら、自分たちで整理しろ、と。

今は片付ける予定のコンテナを障害物として配置し、用意されたコースでサンダーボルトがゴールを目指して歩いている。

「目的地に到達しました」

問題なく機体をゴール地点まで歩かせた俺に、開発チームが軽く拍手を送ってくる。

通信機越しに聞こえる拍手と一緒に、アリソン博士の声がする。

『問題はなさそうね。今日中にチェック項目の大半は終わらせたいから、次のテスト準備が終わるまでコックピットの中で待機していなさい』

「了解しました」

狭いコックピット内で待機を命じられた俺は、早く操縦に慣れるために機能を確認する。

「シミュレーターよりも操縦桿(かん)が硬いな。ペダルはもう少し重くてもいいか」

戻った際に次の調整で必要な情報をまとめながら、モニターの映像を拡大する。

サーモグラフィーや様々な画面に切り替え、体に覚え込ませようとしていた。

一つ一つ確認しながら行っていると、人型兵器というのがいかに高価な代物かを実感できる。

「歩兵の時に使っていたスーツとは大違いだな。これだけの性能があれば……」

地上戦での死亡率は大きく下がったのだろうか？　そこまで考え、結局コストが釣り合わないという問題に気付いて頭を振った。

「……今更、考えても仕方がないか。それにしても、これだけの装甲を持ちながら、二等級以上の偽獣には効果がないのか」

人型兵器が開発された当時、ほとんどの機体が重装甲型だったらしい。

理由は二等級以上の偽獣の攻撃に耐えるには、厚い装甲が必須という結論に至ったためだ。

だが、そんな分厚い装甲も、偽獣たちの前では無意味だったらしい。

力場――魔力のない装甲は、偽獣との戦いでは役に立たないという定説をより強固な物にしただけだった。

また、力場を攻撃に使用できなければ、偽獣に効果的なダメージを与えられない。

人型兵器は、敵に対して大きな的を用意しただけに終わってしまった。

「……魔力コンバーターを搭載した機体ならば、この問題も解決できる」

プロメテウス計画では、大きな的扱いに終わった人型兵器に魔力コンバーターを搭載している。

人型兵器に搭載した理由は、魔力コンバーターが大きすぎて歩兵に持たせられなかったから。

戦車や戦闘機に搭載する案もあったらしいが、莫大な予算が投じられながら結果的に失敗した人型兵器を流用する形で落ち着いたらしい。

スミス博士曰く「人型の方が効率的だ」とのことらしいが、その辺りの事情は機密にも関わるとしてテストパイロットの俺には知らされていない。

ただ、人型兵器であることに意味があるのは間違いない。

「ん？」

機体のカメラアイを動かすと、こちらを遠くから見ている女子生徒たちがいることに気が付いた。

数にして六人程度だが、その中に特徴的な女子生徒がいた。

他の女子生徒たちが彼女に気を遣っているのが、モニター越しにも伝わってくる。

ショートにした赤い髪を風に揺らしている女子生徒は、特徴のあるローブを身に着けていた。

「赤いローブ？」

学園で他の女子生徒が着用しているのを見たことがない色だった。

コックピット内で一人呟くと、女子生徒はこちらの視線に気付いたかのように眉根を寄せて不快感を表し、背を向けて去って行く。

　周囲の女子生徒たちに一言二言、何か言っているように見えた。

　赤いローブの女子生徒に続くように、他の女子生徒たちも離れて行く。

「この距離で自分の視線に気付いた？　……まさかな」

　一人ブツブツ喋っていたのが気になったのか、スミス博士が俺に話しかけてくる。

『独り言かい？』

「すみません。実験の様子を学園の女子生徒が見ていたのを発見しました」

『あ～、それはまずいね。一応は極秘実験だから見られると困ってしまうよ』

「学園側に知らせますか？」

『と言っても間借りをしている身だからね。学園側も女子生徒たちを庇うかな？　ちなみに、どんな子たちが見ていたんだい？』

「一番特徴的だったのは、赤いローブを着用した女子生徒です」

　俺が女子生徒の特徴を知らせると、アリソン博士が会話に割り込んでくる。

『それはエースね。学園側に抗議しても、たいして処罰もされないでしょうね』

「エース？」

『青、緑、黄……そして赤の四色のローブがあってね。着用を許されるのは、クラスでも一番のエースと決まっているのよ。エースは学園の重要戦力だから、注意されて終わりでしょうね』

「あの子が学園のエース……」

気の強そうな子だった。

他の女子生徒たちと同様に、プロメテウス計画に反対の立場なのか険しい表情をしていた。

サンダーボルトに向ける視線は、嫌悪感が丸出しだった。

◇

次の日。

五組の教室で俺はルイーズと休憩時間に話をしていた。

話題は昨日の出来事だ。

「それ隼瀬さんで間違いないよ。隼瀬真矢――ブーツキャットの赤ローブだからね」

聞き慣れない言葉に困惑する俺は、ルイーズの言葉を繰り返す。

「ブーツキャット？　彼女のコールサインでしょうか？」

ルイーズは頭を横に振ると、俺に学園の事情も交えて丁寧に説明してくれる。

「一組から四組にはクラス毎(ごと)の色と名前があるんだよ。例えば、一組だったら色は青で、名前はブルーバード。三組の場合は赤色で、名前がブーツキャットなの」

「部隊名ですかね？」

アゴに手を当てて俺なりに理解してみたが、間違いではなかったようでルイーズが頷いていた。

「そうだね。普段はクラス名だけど、戦場だと部隊名として使用されているし。それで、赤いローブの着用が許されているのは隼瀬さんだけなの。だから、その場に赤いローブを着用している子がいたなら間違いないかな」

「色つきのローブはエースの証と聞いています。……ですが、どうしてエースである彼女があの場にいたのでしょうか？　エースが基地司令部の命令を無視するとは思いたくありません」

「それは私もわからない、かな？」

学園側からもプロメテウス計画は機密の塊であるため、不用意に近付かないよう通達が出されているとアリソン博士が言っていた。

学園でエースともなれば、女子生徒たちの代表みたいな立場だろうか？

普通の基地とは規律や習慣が違いすぎて予想するしかないが、とにかく目立つ立場なのは間違いない。

隼瀬真矢――エースである彼女が、命令を無視するような人物とは思いたくなかった。

俺が思案していると、女子生徒三名がこちらに近付いてくる。

表情を見ると好意的とは思えない雰囲気が漂っていた。

彼女たちはルイーズを無視して、俺に話しかけてくる。

机の上に手を叩きつけるように置いて、俺に対して脅すような態度で接してくる。

「あんた、失った手脚を偽獣の細胞で再生したんだって？」

気を抜いていたら、動揺して彼女の言葉に反応していただろう。

感情を殺して無表情を心掛ける。

思い浮かんだのは「どうして気付かれた？」だ。

偽獣の細胞を使った再生手術は、プロメテウス計画の機密情報扱いだ。

サンダーボルトのように見られてしまって気付かれる部類でもない。

どこから情報が漏れた？　すぐに博士たちに知らせなければ、という思考が頭を駆け巡る。

「……質問の意図が理解できません」

この場は誤魔化し、すぐに博士たちに連絡しようとするも相手が逃がしてくれなかった。

気付けば偽獣という言葉に周囲の女子生徒たちも反応し、騒がしかった教室が静まりかえっていた。

俺に対して周囲は刺すような視線を向けていた。

「とぼけるんじゃないよ。もう情報は出回っているからね。あんた、戦場で失った手脚を偽獣の細胞を使って再生したんだろ？」

どこまで情報が漏れている？　焦りを感じながらも、冷静を装いながらこの場を切り抜ける方法を考えた。

教室内の時計に視線を向ければ、もう数分で教官がやって来る。

待ってもいいが、これは緊急事態だ。

授業を無視して開発メンバーに合流し、今後の相談をするべきだろう。

席を立とうとすると、いつの間にか他の女子生徒たちが俺の逃げ道を塞ぐ行動に出ていた。

教室の入り口を数人で塞ぎ、残りが俺を囲むように移動する。

全員の目には敵意が宿っていた。

俺に質問してきた女子生徒が、険しい表情をしている。

「魔力の使えない男が、どうやって偽獣と戦うのか不思議だったんだよね。まさか、偽獣の手脚をくっつけるなんて予想外だったけどさ」

偽獣と戦うために厳しい訓練を受けてきた女子生徒たちにしてみれば、俺は偽獣と大差がないらしい。

「黙ってないで何とか言いなよ。それとも、この場で倒されたいの？」

ここに来る前に調達したのか、女子生徒たちはカーディガンの下にナイフを隠し持っていた。

強引にこの場を切り抜ける方法を考えていると、俺を庇うようにルイーズが両手を広げて女子生徒たちの前に立ちはだかった。

「みんなそこまで！　そろそろ先生が来ちゃうよ！」

ルイーズが大声を出すと、教室の入り口に教官が来ていた。

教室内の不穏な雰囲気に気付いたのか、腕を組んで様子を見ていた。

ただ、介入しようとはしない。

「自分は失礼します」

席を立って開発チームに合流しようとしたが、ルイーズが俺の腕を掴んで放さなかった。

「駄目。蓮君は教室に残るべきだよ」

ルイーズがそう言うと、黙っていた女子生徒が声を荒らげる。

「ルイーズ、そいつは敵だろ！　あたしらの先輩や仲間をどれだけ殺してきたと思っているんだ？　庇うようなら、あんただって容赦しないよ」

武器に手をかける女子生徒たちを見て、ルイーズを庇うように前に出ようとした。

だが、先にルイーズ本人が口を開く。

「学園長たちが認めたから、蓮君はここにいるんだよ。みんな、少し冷静になろうよ。学園長たちが、彼の詳しい事情を知らないと思うの？」

ルイーズの正論に女子生徒たちも納得する部分があったのだろう。

「っ！　このお人好しが！」

武器から手を離した女子生徒たちが、ルイーズの説得を聞き入れて自分の席へと戻っていく。

他の女子生徒たちも自分の席に戻っていくと、教官が教室に入ってきた。

「随分と騒がしかったな。全く、学園長の気まぐれにも困ったものだ。念のために言っておくが、あまり騒ぎは起こしてくれるなよ」

消極的な態度だったが、教官は武器を教室に持ち込んだ女子生徒たちを睨んでいた。

「騒ぎを起こせばスカウトや推薦の話が消えてもおかしくない。五組で卒業を迎えたくなければ自制することだな」

教官の言葉に女子生徒たち全員が一瞬で緊張した雰囲気を出す。

スカウト、推薦……それに卒業という単語に過敏に反応していた。

俺が黙って教室を出て行こうとすると、ルイーズが座るように促してくる。

「後で話があるから今は残って」

「ですが、この状況を開発チームに知らせる義務が自分にはあります」

「だったら……情報を流した人に心当たりがある、って言ったら？」

情報漏洩の原因に心当たりがあると言うルイーズに、俺は僅かに驚いたと思う。

「知っているのですか？」

ルイーズは真剣な表情で小さく頷いた。

「次の休憩時間はお昼休みだよ。そこで話そう」

「……了解しました」

手がかりがほしい俺は、念のためメッセージでアリソン博士に機密情報が漏れていることを先に伝えてから授業に参加した。

昼食時間になると、俺はルイーズに連れられて校舎の屋上に来ていた。

「ここは立ち入り禁止ではありませんか？　来る途中に看板も置かれていましたが？」

屋上のフェンス近くに立つルイーズは、この場所を選んだ理由を話す。

「ごめんね。でも、ここなら誰も来ないから」

「人に聞かれたくないのですね」

ルイーズの行動からすると、俺に情報提供するのは彼女にもデメリットがあるようだ。

危険を承知の上でルイーズが俺に教えてくれるのは、確実な情報ではない。

証拠はない。だが、本人はほぼ間違いないと考えているらしい。

「私も確証はないんだけど、蓮君の話を聞いて思い当たる点が一つあったの」

「自分の話にヒントが？」

「ブーツキャットのエースだよ」

ルイーズはほとんど確実だと思っているようで、断定的な口調で話をする。

「実験中に女子生徒たちを連れて様子を見ていた、って言っていたよね？　多分、彼女はエースの特権を使って機密情報を入手したんだと思う」

「どうしてエースにそのような特権があるのですか？」

俺からすれば理解に苦しむ話だ。

確かに軍隊でエースは重宝されるが、だからと言って機密事項が知らされる立場にはない。

相応の階級や役職がなければ、機密に触れることは許されない。

ルイーズは俺から視線を僅かに逸らしつつ、疑問に答えてくれる。

「学園は軍隊であって軍隊じゃないからだよ。エースは特権が与えられていると聞いているし、機密情報へのアクセスも可能だと思う」

学園に来てから驚かされてばかりだが、まさかエースに分不相応な権限が与えられているとは思いもしなかった。

戦乙女のエースとは言っても、しょせんは一戦力に過ぎない。

安易に機密に触れていい立場ではない。

俺が絶句している間に、ルイーズは教室での出来事を予測交じりに話し始める。

「蓮君の情報を手に入れて、五組の子たちに流したのかも。隼瀬さん、偽獣には個人的に恨みもあるって聞くし、蓮君が受けた実験を許せないんだと思う」

「個人的な恨み？」

「うん。十年前にゲートの大量発生が起きたでしょ？　その時に色々とあったみたい」

偽獣に恨みのある人間は多い。

特に、十年前に起きた出来事を思い出せば、隼瀬さんくらいの年代でも直接的な恨みを持っていてもおかしくない。

ルイーズは俺から視線を背けたまま、小さく俯いていた。

「直接的ではないけど、余波で大変な目に遭ったと聞いているわ」

当時は本当に大変だった。

俺も家族を失ったのは、十年前の大規模発生の時だった。

そこから組織の施設に送られ、兵士として育てられた。

「隼瀬さんが自分を憎む気持ちも理解できます」

「蓮君？」

隼瀬さんの気持ちを受け止めた俺に、ルイーズは少し驚いていた。

だが、気持ちは理解できても、実験を中止するわけにはいかない。

「ですが、自分にとっては今の計画が存在意義そのものです。理解したとしても、命令なしに中止するわけにはいきません」

今の自分は試作実験機のテストパイロットであり、偽獣の細胞を埋め込まれた実験体だ。

プロメテウス計画のために存在している俺には、もうこの計画を成功させるという目標しか残されていない。

ルイーズは俺を見据えてくる。

「いいの？　これから、隼瀬さんたちが色々と邪魔をしてくると思うけど？」

心配してくれるルイーズに、俺は自分の経験を語る。

「歩兵の頃にも陰湿ないじめを受けていました。対処可能です」

断言する俺に、ルイーズは微笑みを浮かべていた。

両手を背中に回して組み、少し前屈みになって俺を上目遣いで見つめてくる。

「蓮君は頼もしいね。それなら、私が力を貸すよ。何かあったら相談してね？」

「感謝します」

敬礼をすると、ルイーズは最初こそ呆気にとられたがすぐにクスクスと笑い出す。

「もう、こういう時に敬礼はいらないって」

「失礼しました。どうにも癖が抜けませんね」

自分でもどうして敬礼したのかわからず困っていると、ルイーズが両手を合わせる。

「もしかして、今笑った？　笑ったでしょ？」

「どうでしょう？　自覚はありません」

今の俺は笑っていたのだろうか？

「笑ったよ。困った感じで少し笑っていたから間違いないよ。うん、蓮君も学園に来て少しずつ成長しているみたいで、私も安心したよ」

年下であるはずのルイーズだが、まるで俺の姉のような立場で接してくる。

確かに一般常識に疎い俺は、彼女から見れば頼りなく見えているのだろう。

「本当に困ったら相談してね。私が必ず助けるから」

「ありがとうございます」

まさか、年下の女性にこんな風に言われるとは思いもしなかった。

それにしても、学園のエースに目を付けられたのは問題だな。

ルイーズの話が本当ならば、隼瀬さんは普通の部隊ではあり得ない権限が与えられていることになる。

俺の立場で対処するには、難しい問題も出て来るだろう。

「それでは、自分は一度、開発チームと合流して詳細を説明して参ります」

屋上を出ていく俺に、ルイーズは手を振っていた。

「午後の授業までには戻ってきてね」

四話　失敗作

開発チームが間借りしている格納庫にて、俺はスミス博士とアリソン博士の二人に学園での出来事を説明していた。

先にメッセージで状況は知らせていたが、詳細を求めてきた二人に答えるためだ。

「――以上が報告になります」

説明を聞き終えたスミス博士が、額に手を当てて困ったという顔をしているが危機感はなかった。

「まさか学園の女子生徒に知られるなんて予想外だよ。アリソン君が正直に話せば嫌悪感を持たれるって言うから、わざわざ極秘情報にしたのに」

スミス博士にしてみれば、実験がやりにくくなるというだけらしい。

対して、アリソン博士の方は深刻な表情をしていた。

「情報が漏れたとなれば、一番怪しいのは学園長ですよ。基地の施設を提供する条件に、こちらの情報開示を求めましたからね」

スミス博士はあまり興味もないのか、誰が情報を漏らしたのか突き止めるつもりがないらしい。

「秘密保持契約は結んだよね？　だったら、学園長は違うんじゃないかな？」

　学園長を疑いもしないスミス博士に、アリソン博士は諦めた顔をしていた。

「……はぁ。彼女たちにとって、我々はその程度としか見られていないという意味ですよ。とにかく、学園長に確認してきます」

　格納庫を出て行くアリソン博士に、スミス博士はのんきに手を振っていた。

「いってらっしゃい」

　俺はスミス博士の緊張感のなさに危うさを感じていた。

「情報が漏洩したというのに、スミス博士は普段と変わりませんね」

「僕としては待ちに待った実験がついに出来るからね。明後日には準備も終わるし、今は実験の準備の方が大事だよ」

「魔力コンバーターの実験ですね」

　いくら人型兵器であるサンダーボルトが動いたとしても、魔力コンバーターを作動させて力場を発生させなければ偽獣の前では役に立たない。

「一二三君の手脚と内蔵、それに左目から魔力が発生しているのは確認済みだ。後は、実戦レベルで使用できるかどうかだね」

　スミス博士が満面の笑みを浮かべ、俺の背中を軽く叩いてくる。

「期待しているよ、一二三君」

俺は姿勢を正して返事をする。

「微力ながら全力を尽くさせて頂きます」

「……やっぱり君は堅いね。もっとフランクに出来ないのかな？　一緒にいる僕の肩が凝るよ」

「肩なら揉ませて頂きますが？」

「え？　そう？　だったらお願いしようかな。ここのところ、準備で急がしくてね～」

◇

学園長室にてアリソンは、加瀬学園長に情報漏洩の件を問い詰めていた。

「秘密保持契約を結んだはずでは？　どうして女生徒たちにこちらの機密情報が漏れているのか、説明して頂きたいですね」

アリソンからすれば舐めた行為でしかない。

契約を盾に学園側を追い詰められる状況もあり、強気の態度を取っていた。

ただ、加瀬学園長は少しも動じていない。

淡々と書類を確認し、自分のサインを記入している。

仕事の片手間に済まそうとしていた。

「わたくしが漏らしたという証拠でもあるのかしら？」

「学園で機密を知っているのは、我々かあなたしかいませんよ」

「開発チームの誰かが漏らした可能性もあるでしょう？」

「ご冗談でしょ。可能性が高いのはあなたですよ」

アリソンが開発チームを疑わなかった理由だが、これには幾つもの要因があった。

一つは開発チームのメンバーは、女子生徒たちとの接触が制限されているからだ。

例外は蓮だけだが、彼が情報を流したとは思えない。

良くも悪くも一二三蓮は軍人だ。

二つ目の要因だが、プロメテウス計画に参加する条件の一つが、能力が買われたスミス博士や蓮を除いて現状に不満を持つ者に限られていたからだ。

戦乙女が組織内で強権を振るうことに、我慢ならない者も大勢いる。

加瀬学園長が小さくため息を吐くと、アリソンを見据えた。

かつては戦乙女として過酷な戦場を生き抜いてきた猛者である彼女の視線に、アリソンは思わずたじろいでしまう。

加瀬学園長は落ち着いた声色で告げる。

「誓ってわたくしは情報を漏らしていませんわ。そんなことをすれば、子供たちが男性と交流する機会を邪魔してしまうじゃない」

「ではどうして！」

アリソンが威圧に負けないよう大声を発すると、加瀬学園長が答える。

「こちらでも調査を進めます。あなたも戻って自分のチームを調べてみるのね。――以上よ、戻りなさい」

最後の言葉は冷徹に告げられ、これ以上は会話をするつもりがないとアリソンにも伝わった。

アリソンは奥歯を噛みしめながら学園長室を出て行く。

いよいよ明日から本格的な実験が開始される。

現状では訓練しか出来ない俺だが、今日は普段より時間をかけて念入りに行った。

おかげで今の俺は足取りが怪しい。

歩くのも億劫になる程に疲れ果てていた。

「成功させれば次に繋がる。必ず成功させなければ」

俺の存在意義である実験の成功に向けて、今日は早めに就寝しようと自室を目指していた。

格納庫から自室に向かう途中は明りが少なく暗い。

普段より遅くなってしまったので、懐中電灯を持って来るべきだった。

俺の判断ミスである。

「ん？　どうかされましたか？」

暗い夜道で立ち止まった俺は、コンテナの陰からこちらを覗いている人物に気が付いた。

徐々に目が慣れて人物の姿が見えてくると、相手は赤いローブを身に着けていた。

相手は俺が自分に気づいた事を意外に思っているらしい。

「隠れていたのによく気付いたわね」

相手の口調は自信に満ちて怯えを一切感じないものだった。

たった一人で俺の前に現れたブーツキャット隊のエースである隼瀬真矢は、こちらに歩み寄ってくる。

「あんたが実験体よね？」

ストレートな質問に俺は僅かに面食らってしまった。

「……機密に関わるため答えられません」

「答えているのと同じじゃない。わざわざ学園に男が紛れ込んで何をしているかと思えば、戦乙女の真似事のつもり？」

妨害工作が起きるとは予想していたが、まさか接触してくるとは思わなかった。

「自分はテストパイロットであり、実験について語る立場にありません。それでは、失礼いたします」

彼女の相手をしていられないと歩き出せば、隣に来て歩調を合わせてきた。

歩く速度を上げようとすると、彼女が笑っていた。

「私も走るのは得意よ。試してみる？　そっちは随分と疲れているようだけど？」

「……いえ」

限界まで訓練をした体には、彼女と徒競走をする余力は残っていなかった。

諦めて隣を歩かせ、俺は質問には答えないよう無言を貫くと決める。

彼女は勝手に喋り始める。

「私の耳に入った情報通りなら、あんたが参加しているのは非人道的な実験だよね？　そもそも、偽獣の細胞から手脚を作るなんて発想が馬鹿げているのよ」

実験に対する批判を語る彼女に、俺は何も答えない。

彼女も俺を無視して話を続ける。

「どうして実験に参加したの？」

「……」

「へぇ～、答えないんだ。だったら、上官命令って言ったらどう？　これでも私は中尉よ。

あんたは准尉よね？　上官に逆らってもいいわけ？」

俺よりも階級が二つも上であった。

直属の上官ではないにしても、俺は敬意を失した態度を取っていることになる。

「っ!?　これまでの無礼を失礼しました。ですが、計画について自分は何も喋れません。どうかご理解ください、中尉殿」

立ち止まって敬礼をする俺を見て、彼女はお腹を押さえて笑った。

「あはははっ。本当に生真面目君だね。噂通り過ぎてビックリしちゃった。まさか、階級が上だからって無視を止めるとは思わなかったわ」

「……からかっておられるのですか？」

ルイーズの言う通りならば、彼女こそがプロメテウス計画の邪魔をする存在だ。

警戒心が強くなる俺に気付いたのか、彼女の顔からも笑みが消える。

「そうよ。からかっているのよ。馬鹿みたいな計画に参加したあんたに、止めるよう忠告してあげようと思ってね」

馬鹿みたいな計画という言葉は、彼女にしてみれば煽りだったのかもしれない。

まともに相手をして激高すれば相手の思うつぼだと自分に言い聞かせ、冷静に対処する。

「ご忠告感謝いたします。ですが、今の自分にとって計画の続行は存在意義そのものです。

また、自分に計画から離脱する権利はありません」

彼女は俺の態度に眉を顰め、鋭い視線を向けてくる。

「……何それ？」

先程よりも低い声には、怒りが滲んでいた。

彼女は俺に背を向けて去って行く。

「心配して損したわ」

俺に興味を失ったと言わんばかりの態度は、こちらとしてもありがたかった。

ただ、彼女の態度が急変した理由が何だったのかだけは気になった。

◇

実験日当日。

この日は平日であったが、学園には休むと連絡をして実験を優先していた。

パイロットスーツに着替え、コックピット内で待機している。

「こちらエンヴィー、これより魔力コンバーターの試験に入ります」

コックピットのモニターにスミス博士の顔がアップで表示される。

『マニュアルは覚えているね？』

「はい」

実験に関わる資料は膨大だったが、今日までに全てを読み終えていた。

『よろしい。でも、変更点もあるから説明はするよ』

事前に通達してほしかった、と思うのは欲張りすぎだろうか？

スミス博士は優秀なのだが、この手のミスが多い。

面倒を見ているアリソン博士が、よくため息を吐いているのも納得だ。

『君が生み出した魔力は、操縦桿とフットペダルを通して魔力コンバーターに流れる。そこから機体全体に効率的に魔力を流す仕組みだ』

サンダーボルト――人型兵器の大きさは約五メートルだ。

戦乙女のバトルドレスの約二倍の大きさであり、使用する魔力も増えるというのが博士たちの認識だ。

そのため、サンダーボルトに搭載されている魔力コンバーターは、性能だけを見れば戦乙女たちのバトルドレスに搭載された物よりも優秀だ。

優秀な理由は単純に大型化したからだ。

今回の実験に男性用のバトルドレスを用意しなかった理由の一つに、魔力コンバーターの大型化という問題点もあった。

『コンバーターの限界値を百パーセントとするならば、君に求める出力は……十パーセント程度かな？　それだけあれば、ギリギリ戦闘は可能になるだろうし』

限界値の十分の一が目標と聞かされた俺は、自然と操縦桿を握る手に力が入る。

「了解しました！」

『いい返事だ。では、実験を開始しよう。魔力供給を開始してくれ』

「はっ！」

取り付けた手足に意識を向かわせ、魔力の放出を開始する。

偽獣の手脚が淡い光を発し、そこから操縦桿を通して機体へと魔力が流れ込んでいく。

通信越しにアリソン博士の声が聞こえてくる。

『これは!?』

サンダーボルトの周辺には、測定機などの装置が沢山用意されていた。

開発スタッフがそれぞれ測定機に張り付き、サンダーボルトの各所に繋げられたケーブルから魔力を測定している。

「右前腕部、魔力による力場の発生を確認できません」

「左脚部……わ、僅かに力場の発生を確認」

「胸部に力場の発生を確認しましたが……規定値に達していません」

次々に報告が入るのだが、どれも望んだ結果ではなかった。

アリソンはこの結果も予想していたが、現実として突きつけられると辛かった。

「やはり規定値に到達しませんでしたね。男女で差があるとは思いましたが、手脚に心臓、左目まで移植したのにこの結果ですか」

アリソンの視線がスミス博士に向かうが、彼は実験の失敗を突きつけられたというのに焦った様子を見せない。

「男性は魔力の扱いに不向きとは聞いていたけど、ここまで違うとなると難しいね。いっそ首から下を偽獣の物と取り替えた方が早いかもしれないな。いや、脳だ。偽獣の細胞から作られた人体に脳を移植するのはどうだろう？　一二三君なら耐えきれると思うんだけど、アリソン君の意見はどうかな？」

キラキラ輝いた瞳は、まるで子供のように無邪気に楽しんでいるように見えた。

それが余計にスミス博士の異常性を物語っている。

「……手脚だけでもかなりの苦痛を伴った手術ですよ。成功するとは思えません」

アリソンは言葉を選んで答えた。

可能性はある、とでも言えば、目の前の男は迷わず実行するという確信があったからだ。

スミス博士は項垂（うなだ）れる。

「やっぱり駄目か～。それなら残った左腕と右脚を新たに付け替えて……うん、誤差の範囲内だね」

　集計された結果を見るアリソンは、スミス博士に今後の実験について尋ねる。

「現時点では機体を力場で守れない上に、武器に魔力を供給するのも不可能なレベルです」

「魔力の蓄電池を搭載するのはどうかな？」

「コンバーター以上に大型で効率が悪いのでお勧めしません。戦乙女のバルキリードレスに搭載されていない理由はご存じでしょう？」

　魔力の蓄電池という発想は組織も持っていたが、開発してみると大型化した上に蓄電する量が乏しく使い物にならなかった。

「それなら手詰まりだね。一二三君に頑張ってもらうとして、僕たちはコンバーターの調整や機体の見直しに取りかかるとしよう」

　スミス博士は思考を切り替え、機体の調整に入るようだ。

　アリソンは誰にも聞かれないように呟く。

「頑張る……ね。何をどう頑張ればいいのか、誰も知らないのによく言うわ」

　スミス博士は人好きのするような雰囲気を持っているが、中身は他人など気にしない根っからの科学者だ。

　だから、平気で蓮の脳を取り出すという発想に行き着いてしまう。

貴重な成功例である一二三蓮すら、簡単に使い潰そうとしている。

(過酷な手術から生き延びたのに、これではいずれスミス博士に殺されてしまうわね。手術で死ねなかったのは、ある意味では不幸だったのかもしれないわ)

小さくため息を吐いた後に、アリソンは蓮に伝える。

「エンヴィー、実験は中止よ」

『中止？　規定値に到達しなかったのですか？』

「一パーセントにも届かなかったわ。……結果は失敗よ」

オブラートに包んだ発言をしようとすれば出来たが、アリソンはあえて冷たく言い放つ。実験体である蓮に情を持たないためだ。

『……』

小さなモニターに映る蓮の表情は、アリソンから見てもショックを受けているようだった。

(こんな顔も出来るのね……ん？　今、僅かに魔力出力が向上したような……気のせいね)

出力が向上しても誤差の範囲内だと判断し、アリソンは蓮に言う。

「降りて来なさい。今後について説明するわ」

『了解……しました』

五話　魔力の資質

結果から言えば実験は失敗に終わった。

開発チームは機体の調整を行い俺から魔力を引き出そうとしているが、根本的な問題はテストパイロットの俺にあった。

魔力出力の著しい不足。

規定値よりも大幅に下回った俺の魔力では、偽獣との戦闘に耐えられない。

機体や魔力コンバーターをいくら強化しても、肝心の魔力出力が全く足りなければ意味がない。

現状、俺が優先するべきは魔力出力を上げること。

しかし、開発チームは魔力に関わるノウハウが少なかった。

「魔力出力の向上に助言がほしい、ね」

実験が行われた夜に、俺はアリソン博士の仕事部屋を訪ねていた。

格納庫に仕切りが用意されただけの個室には、アリソン博士のＰＣと積み上げられた資料や本が綺麗に並んでいた。

ほとんどが仕事に関わる物ばかりだが、机の上には一つだけ写真立てが置かれていた。

「アドバイスを求める気持ちも理解できるけど、私たちもノウハウが乏しいと知っているでしょ？」

「自分よりも知識が豊富な博士たちに頼るべきと判断しました」

「スミス博士には聞いたの？」

「偽獣細胞の割合を増やすのが一番早い、と仰っておりました。同時に、全身を入れ替えても期待した数値に届かない、とも」

「……はぁ、あの人は本当に」

アリソン博士が深いため息を吐くと、俺に対して助言をくれる。

「悪いけど魔力に関わるノウハウが少なすぎて予想が立てられないわ。ちなみに、君が考えている解決方法はあるのかしら？」

「手脚をより自分の物にするべく、訓練時間を増やしメニューをよりハードな物に切り替えようと考えています。……今の自分にはこれしか出来ません」

規定値を出せないのは、俺が偽獣の細胞から魔力を出し切れていないからだ。

より自分の手脚とするため、トレーニングを増やす方法を思い付いた。

俺が考えた方法で解決するとは思っていない。

だから、博士たちを頼った。

アリソン博士は苦笑している。

「それで解決するなら、とっくに解決しているわね。わかったわ。私からのアドバイスをしましょう」

姿勢を正して真剣に拝聴する俺を見て、アリソン博士は笑っている。

「大した話じゃないのよ。私たちがノウハウを持っていないなら、持っているところから引き出せばいいじゃない」

「持っているところ、でありますか？」

専門機関にアクセスすればいいのだろうか？　だが、俺の権限で調べられるとは到底思えない。

困惑している俺に、アリソン博士は呆れていた。

「今にして思えば、学園長の気まぐれに感謝よね。……君が学園で在籍しているのは、魔力の扱いに長けた戦乙女たちのクラスでしょ？」

ここまで言えば理解できるわね？　という視線を向けてくるアリソン博士に、手がかりを得た俺は敬礼をした。

「ご助言、感謝いたします！」

学園の雰囲気につい忘れてしまいそうになっていたが、彼女たちは戦場の主役である戦乙女たちだ。

誰よりも魔力の扱いに長けて、ノウハウを持っている存在だ。

アリソン博士が席を立って俺の肩に手を置く。

「上手く情報を引き出しなさい。くれぐれも学園長や周りに警戒されないようにね」

「はっ、全力を尽くします！」

助言をくれたアリソン博士や、開発チームのためにも必ず魔力に関するノウハウを獲得すると意気込む。

しかし、アリソン博士は心配そうな顔をしていた。

「……本当に大丈夫かしら？」

◇

魔力のノウハウを獲得するため、学園に登校した俺は五組の授業を受けていた。

何かしらヒントが得られないかと普段よりも真面目に授業を受けるわけだが、そんな俺の様子にルイーズは違和感を覚えたらしい。

休憩時間に入ると、すぐに話しかけて来た。

「今日の蓮君はいつも以上に真面目だね。何かあったの？」

ルイーズにはこちらを探るような様子は見られず、本当に俺を案じているように見えた。

「……魔力の出力を向上させたいと思い、授業にヒントがないかと思いまして」

「あ～、そういうこと。でも、それってちょっと難しいかも？」

難しい表情をするルイーズに、俺はその理由を問い掛ける。

「何故、でしょうか？」

出来る限り切羽詰まっている心情を悟られないよう、必死に取り繕う。

ルイーズは俺の内心など気にした様子もない。

視線を上に向け、戦乙女たちの魔力に対する認識を話してくれる。

「魔力に関わる授業は中等部で行うからね。無事に卒業した時点で、みんな一定の基準を満たしているの。高等部だと授業内容は他を優先しちゃうし」

「そ、そうでしたか」

授業で魔力に関するノウハウは得られそうにない。

ならば、やはり誰かに聞くしかない。

次の授業も始まるので会話を中断しようとするが、ルイーズは話を続けたいらしい。

「もしかして魔力に関わる問題が起きたの？」

「……それは話せません」

「あ、そうか。軍事機密ってやつだね。だったら言えないよね」

うん、うん、と頷くルイーズは、俺に提案してくる。

「だったら私が魔力について教えてあげるよ。中等部の子でも知っている基礎中の基礎だけど」

「よろしいのですか？」

思いがけない幸運にルイーズを見つめると、本人は満面の笑みを浮かべていた。

「だって私たちは友達でしょう？　困っているなら助け合わないとね」

「友達……ですか」

友達という言葉を聞かなくなって久しいので、とても新鮮に聞こえた。

ルイーズが首を傾げている。

「どうしたの？　もしかして、私が友達は嫌だった？」

「いえ、違います。軍隊生活が長かったので、友達と呼べる人が自分には少ないものですから」

「そうなの？　以前の部隊の人たちと仲が悪かったとか？」

ここに来る前に壊滅してしまった小隊を思い出す。

彼らとの関係は悪くなかったし、むしろ良好だった。

だが、歩兵部隊は消耗が激しい。

友人を作るというのは、それなりに覚悟のいる行為だった。

「……彼らは戦友です。それに、自分は戦場で戦友以上の関係になるのは望ましくないと教わりました」

誰かを特別にすると、戦場で判断が鈍るから止めておけと教わった。

何故か自然と俺は両手を強く握りしめていた。

自分の行動に疑問を持っていると、ルイーズは少し寂しそうに笑う。

「そっか。歩兵の人たちも大変だね。ごめんね、変なことを聞いちゃって」

「構いません。それよりも、本当に指導して頂けるのですか？」

ルイーズは大きな胸を拳で軽く叩いて見せた。

「私に任せてよ！　こう見えても面倒見がいいって言われているんだから」

学園の異物でしかない俺にも優しいルイーズの言葉は、その通りなのだろうな、と思える説得力があった。

放課後。

俺はルイーズから魔力に関する知識を教わっていた。

場所は学園の図書室で、放課後だというのに利用している女子生徒もそれなりにいた。

「魔力というのは心が重要になってくるの」

「心、ですか？　それは精神力の話でしょうか？」

「う～ん、確かにそっちも大事かな？　でも、一番大事なのは動機っていうのかな？　私たちだったら戦乙女になって偽獣と戦うぞ！　って気持ちが大事になるの」

「気持ちの問題だと？」

　これには俺も困ってしまう。

　俺は何年も偽獣たちと戦ってきた。

　戦うために生きてきたと言っても過言ではない。

「自分は歩兵の頃から偽獣と戦っているのですが？」

「それは戦っているだけであって、自分の意志がそこにあるのかが重要なの」

「……意志」

　家族を失ってから、俺は言われるままに生きてきた。

　組織に拾われ、訓練施設では大人たちに従った。

　戦場に放り込まれてからは上官に従い偽獣と戦ってきた。

　ルイーズに言われて気付いたのは、そこに自分の意志がなかったという事実だ。

「自分の意志もあったと……思います。いえ、今後は意志を持って戦います」

　偽獣と戦いたいと思うだけでいいのなら、確かに精神的な話である。

　光明が見えてきたと希望を持つが、ルイーズの表情は曇っている。

「漠然と思い込めばいいって話じゃないの。心の底からの強い願いっていうのかな？　誰かに言われてやるんじゃなくて、自発的な原動力が必要になってくるの。その……今の蓮君だと難しいと思う」

「そんなっ⁉　……いえ、失礼しました」

静かな図書室で大声を発してしまうと、周囲の女子生徒たちから責めるような視線が集まる。

中には何事かと好奇心に満ちた目を向ける女子生徒もいたが、小声に戻ると興味を失ってしまったらしい。

ルイーズが俺に落ち着くように言う。

「気持ちはわかるけど、こればかりは本人の資質に関わる問題なの。中等部の頃の話だけど、成績だけなら私より優れている子は沢山いたわ。でも、卒業できずに退学する子が大半だった。理由は魔力を上手く引き出せなかったから」

俺の子供の頃とは大違いだ。

施設では成績が全てだった。

いくらやる気があっても成績が低ければ問答無用で不適格と判断され、いつの間にか施設から消えていた。

「それでは、自分はどうすれば……」

今のままでは魔力出力が規定値を満たせない。

それはつまり、存在意義の消失を意味する。

きっと俺の表情は暗かったのだろう。

ルイーズが手を合わせて慰めてくれる。

「お、落ち込まないで、蓮君。えっと……そうだ！」

席を立ったルイーズは、図書室の本棚に向かって何やら探し始めた。

すぐに一冊の本を手に取って戻ってくる。

タイトルはポジティブになれる本、だった。

「落ち込みやすい蓮君にはこれ！　前向きになれて、魔力操作も向上する優れた解決策だよ。これを読めば蓮君もきっと魔力が扱えるようになるよ」

確かに俺の性格は明るいと言えないし、前向きとも思えない。

ルイーズから本を受け取る。

「これを読めば解決するのでしょうか？」

「うん！　きっと魔力操作が向上するよ。だから元気を出して」

微妙に使っている単語が違うようだが、魔力に関する認識が学園と開発チームで違っているからだろうと自分を納得させる。

パラパラと本をめくり、そして閉じる。

「ありがとうございます。早速、帰って読ませて頂きます」

礼を言うとルイーズが照れて頬を指先でかいていた。

「気にしなくていいよ。私たち……友達でしょ」

「は、はい」

友達と言われて妙な気恥ずかしさと嬉しさが込み上げてきた。

これは青春？　と言っていいのだろうか。

俺には縁のなかった時間が流れていくと、図書室に大きな足音を響かせて一人の女子生徒が俺たちに近付いてくる。

騒がしいその女子生徒を、周囲の子たちは誰も咎めたりはしなかった。

顔を向けると、そこにいたのは険しい表情をした隼瀬中尉だった。

「まだこんな真似をしているとは思わなかったわ。ルイーズ、あんたも懲りないわね」

隼瀬中尉の視線が向かうのはルイーズだった。

学園で嫌われている俺を庇うルイーズに、釘を刺しに来たというところだろう。

ルイーズが俯きながら抵抗する。

「私が何をしようが勝手だよ、隼瀬さん。私は蓮君を助けたいと思ったから行動しているの。邪魔はしないでほしい……かな」

ルイーズにとっても隼瀬中尉は上官であり、詳細はわからないが軍隊式を重視しない学園のルールでも格上のはずだ。

ルイーズの立場を守るためにも、俺が席を立って隼瀬中尉の前に出る。

「隼瀬中尉、これは自分がお願いしたのです。責めるなら、どうか自分をお願いします」

俺を見る隼瀬中尉の視線には嫌悪感が含まれていた。

今まで色んな基地で、俺を異物として見てきた兵士たちと同じ目をしていた。

偽獣の細胞を宿した俺を汚物……いや、敵として見るような視線だ。

「随分と手懐けているみたいね。そもそもあんた……ん？」

隼瀬中尉の視線が向かうのは、俺が小脇に抱えた本だった。

視線は次にルイーズへと向かう。

「何のつもりかしらないけどさ、これ以上好き勝手にやるなら覚悟しなよ」

隼瀬中尉から剣呑（けんのん）な雰囲気が漂い始めると、図書室から女子生徒たちが逃げ出していく。

代わりに入室してくるのは、元気の有り余っていそうな女子生徒……ではなく、スリットの入ったレディスーツを着た女性だった。

一瞬間違えてしまったのは、彼女のまとっている雰囲気が生徒と同じだったから。

長い茶髪をポニーテールでまとめたその人は、図書室に入るなり隼瀬中尉を指さした。

「あ～！　真矢ちゃんが他のクラスの子をいじめてる！　いけないんだよ。先生として許さないからね！」

怒っているのだろうが、本人から漂う雰囲気は軽かった。

ぷんぷん、と怒っていますとアピールしているだけで怖くはない。

だが、隼瀬中尉には効果があったらしい。

深いため息を吐く彼女は、俺たちに背中を向ける。

「大日南(おおひな)先生、人聞きが悪いことを大声で言わないでくれませんか？　私は助けようとしただけですよ」

助けると言う隼瀬中尉の発言を聞いて、ルイーズが小声で言う。

「……白々しいよ、隼瀬さん」

幸いにも相手には聞こえていないようで安心したが、二人の間には何か根深いものがあるようだ。

図書室にやって来たのは大日南先生……どうやら教官だったらしい。

「言い訳をしない！　真矢ちゃんは三組のエースなの！　だから、立ち居振る舞いには気を付けないと駄目でしょ。先生、いじめとか嫌いだから許さないよ」

見た目通りの子供っぽい人、というのが三組の教官に対する最初の印象だった。

隼瀬中尉は大日南先生に対して弱いのか、困り顔で頭をかいている。

「よく言うよ。それより、何か用？」

「あ、そうだった！　これからブリーフィングを行うから会議室に集合です！　真矢ちゃんは私と来るように」

「端末で呼び出せばいいじゃない」

「違うの！　呼び出そうとしたら、騒ぎがあったから駆け付けたら真矢ちゃんがいたの！」

「はい、はい」

隼瀬中尉は上官と思われる教官に対してもタメ口で、俺からすれば信じられなかった。

ただ、大日南先生の方は気にした様子がない。

上官に対して無礼な口を利くなど俺にとってはあり得ない行為だ。

エースの特権……ルイーズの言葉を思いだした俺は、学園というのが軍隊とは別の組織であるのだと痛感した。

二人がそのまま図書室を出て行くと、残った女子生徒たちは嵐が過ぎ去ったかのように胸をなで下ろしていた。

ルイーズが席を立つ。

「蓮君、ちょっといいかな？」

図書室で解散する予定だったが、ルイーズに誘われて俺たちは屋上へと向かうのだった。

◇

屋上にやって来ると、ルイーズは俺に背中を向けたまま手を組んで背伸びをしていた。風を受けてスカートがめくれそうだったので、俺は見ないように彼女よりも前に出て落下防止のフェンスに手をかけた。

「隼瀬中尉とは何かあったのですか？」

ルイーズは苦笑を浮かべながら、隼瀬中尉との関係を語り始める。

「……嫌われているの。隼瀬さんは上昇志向が強いっていうのかな？　だから、私みたいにおっとりしている子は苦手みたい」

隼瀬中尉の言動を思い出せば、確かに気の強い面があった。

俺もこれまでにプライドが高く上昇志向が強い軍人たちを見てきたが、確かに隼瀬中尉にも通じるものがあるような気はする。……気はするのだが、同じかと言われると違う気もしていた。

軍隊と学園の違いが影響している可能性はあるが、俺には答えが出せない。

ただ、優しいルイーズとは反りが合わないにしても、やり過ぎているきらいがある。

エースには特権が与えられているらしいが、あの場で女子生徒たちが萎縮している姿を見るとやり過ぎているような気がしてならない。

ルイーズが俺の隣に来ると、フェンスを掴んで項垂れる。

「私、一度だけ三組のスカウトを受けたの。面談までは順調だったけど、最終的に隼瀬さんが嫌がったから編入の話が消えちゃった」

「そんなことが許されるのですか？」

たった一人の意見で戦力外と判断される。……俺にとっては異様だった。

「許されるのがエースだよ。まぁ、編入の際にクラスの子たちの意見を聞くのは、どのクラスでもやっていることだけどね。好き嫌いは仕方ないけど、ここまで露骨なのは珍しい……かな？」

五組に在籍して理解できたことがある。

女子生徒たちが目指しているのは、戦乙女として戦力と認められる一組から四組までのクラスに編入することだ。

編入すれば実戦投入されるわけだが、相応に優遇されるらしい。

待遇だけが理由でもないようだが、中等部を卒業した彼女たちは俺から見ればエリートだ。

上昇志向の強い女子生徒たちにとって、編入というのは出世以上の意味があるように感じられた。

「ルイーズなら、他のクラスからスカウトされますよ」

「あはは、ありがとう、蓮君。慰めでも嬉しいよ。でもね、三組にスカウトされたのは、三組が現状で一番戦力が足りていないからなの」

「どういう意味でしょうか？」

「三年くらい前だけど、三組は部隊が壊滅してね。今は立て直し中なの。五組の子たちからすれば、三組に入るくらいなら他のクラスに入りたいのが本音だよ」

つまり、三組からスカウトを受けて編入が許されなかったというのは、ルイーズにとっては戦力外通告を受けたに等しいようだ。

「まぁ、何というか……私にとっては最後の希望だったんだけどね。隼瀬さんに潰されちゃったから、もう私にチャンスはないんだ」

諦めて苦笑している彼女の姿を見て、俺は自然とある言葉を思い出した。

懐かしい母の言葉を。

「……前を向いて一歩一歩進め」

「え？」

急な俺の呟きにルイーズは酷く驚いた顔をしていた。

これまでに見せたことのない表情は、一瞬だが普段のルイーズとは別人に見えた。

目を見開き動揺する彼女は、慌てて俺から顔を背けるようにフェンスの向こう側を見た。

どうやら、また間違ってしまったらしい。

「失礼しました。昔言われた言葉を思い出したものですから」

「そ、そうなんだ。急に言い出すから驚いちゃった。……ちなみに、誰に聞いたの？」

「母親です。周りに惑わされず、自分の歩幅で一歩一歩前進するという意味だそうです。だから、ルイーズも周りの評価など気にせず、今出来る努力をするべきだと……いえ、今の自分がするようなアドバイスではありませんでしたね」

思い出した言葉を口にしてみたが、ルイーズよりも今の自分にこそ当てはまる言葉だった。

存在意義を見失った今の俺には、今出来ることを積み上げていくしかない。

ルイーズが俺から顔を背けて前を見た。

「いい言葉だね。うん、本当にいい言葉だよ。私も……もっと頑張ろうって思えたよ」

気持ちが沈んでいるのか声色に元気はないが、こちらを向くルイーズは無理に微笑みを浮かべていた。

「ありがとう、蓮君。それじゃあ、私はこれで失礼するね。明日からも隼瀬さんの妨害は続くだろうけど、一緒に頑張って乗り切ろうね！」

「はい」

そして、ルイーズは思い出したように言う。

「あ、それから明日は蓮君にとっても大事な授業があるから必ず出席してね」

「大事ではない授業はないと思いますが？」

俺の返しにルイーズはぎこちない笑みを浮かべていたが、表情を悪戯っ子のような顔に改めてから言う。

「魔力に関わる授業だよ。それから、男の子の蓮君にとっては嬉しい授業になるかもね」

「は、はぁ。元から出席予定でしたので、緊急時でなければ必ず出席しますが」

ルイーズは俺の答えを聞いて照れながら笑っていた。

「必ず出席してね！」

◇

実験機のパイロットである俺だが、学園では五組の生徒でもある。

当然ながら、授業に組み込まれている訓練にも参加する義務が生じていた。

俺個人には実験機のパイロットとして綿密な訓練メニューが用意されている。

そのため不要な訓練などは極力避けたいのが本音ではあるが、五組に在籍している以上は不参加というのはあり得ない。

日頃から戦乙女の候補生たちが、どのような訓練を行っているのか個人的にも興味があった。

だが、今回に限って参加は見送るべきだったと後悔していた。

「それでは準備運動を行います。はい、一、二、一、二……」

一人の女子生徒がクラスメイトたちの前に立ち、学園指定の水着姿で柔軟体操を行っていた。

五組の生徒たちは手本である生徒に合わせ、同じように体をほぐしている。

女子生徒たちが着用しているのは競泳用水着のハイカット、らしい。

らしい、と曖昧になるのは、俺の隣で恥ずかしそうに柔軟体操をしているルイーズに教えてもらったばかりだからだ。

今まで訓練以外でプールなど使用した経験は少なく、俺は女性の水着に対して少しも知識を持ち合わせていなかった。

隣のルイーズが体を大きく動かす度に、胸が揺れ、お尻が強調されて目のやり場に困る。

他に視線を向けても周りは柔軟体操をしている女子生徒ばかりだ。

視線のやり場が定まらずにいる俺に、ルイーズが照れ笑いをしていた。

「そもそも男子と一緒にプールに入るなんて想定外だからね。水着も動きやすい物が選ばれるわけでして、男の子には最高の環境じゃない？　……で、でも、誘っておいてなんだけど、今は私もちょっと恥ずかしいかも」

ルイーズが周りの様子を見てそう言うので、どうやら普段とは雰囲気が違うらしい。

俺がいるせいで恥ずかしいのか、柔軟体操で手脚が縮こまっている女子生徒たちも多い。

それから、やけに周囲からの視線を感じていた。

俺に用意された水着はハーフスパッツという物らしく、膝上までをカバーしてくれていた。

女子生徒たちと同じように柔軟体操をしていると、ヒソヒソと話し声が聞こえてくる。

何を話しているのかまでは聞こえないが、この場に俺がいるのは間違っている気がしてならない。

女子生徒たちと同じように水着に着替えた教官が、首にさげたホイッスルを口に咥えて短く、それでいて大きな音が出るように吹いた。

全員の視線を集めると、俺の方を見ながら女子生徒たちに向けて言い放つ。

「男がいるからと恥ずかしがって手を抜くな」

面倒そうにしながら注意した教官に、俺は挙手をして発言する許可を求める。

教官は小さくため息を吐いていた。

「何だ、一二三？」

「はい、教官殿。自分はこの場に相応しくないと思われます。別メニューを希望いたします」

女子生徒に囲まれての水泳の授業など参加するべきではなかった。

他の訓練メニューを用意してくれと頼むと、教官が眉を寄せて不快そうにしていた。

「たかがお前一人のために別メニューを用意しろと？　自惚れるな。五組に配属されたからには、五組のルールに従ってもらう」

「し、しかし、この状況では周囲に迷惑がかかるかと」

「それを判断するのはお前ではなく我々だ。さっさと柔軟体操に戻れ」

「……失礼いたしました」

俺が柔軟体操に戻ると、隣で大きく胸を張っていたルイーズが微笑みかけてくる。

「あれれ？　もしかして、蓮君は水泳が苦手なのかな？」

「いえ、自分は問題なく泳げます。歩兵だった頃は服を着たまま泳ぐ訓練もしていましたから」

服だけでなく装備も着けたままで泳ぐ訓練をさせられた。

教官たちに水をかけられ、何度溺れそうになったことか。

ルイーズが前屈の姿勢になると、俺に水泳の重要性を話してくれる。

「だったら水泳の授業は参加しておくべきだよ。例外もあるけど、魔力操作の上手い子たちは水泳の授業で成績がいいからね」

ルイーズから知らされた魔力操作に関する情報に、俺は意外であると驚いてしまった。

魔力と水泳に関係があるなど思ってもいなかったからだ。

「そう、なのですか？　だから昨日は必ず出席するように言ってくれたのですね」

ルイーズにとっては当たり前の話なのか、さほど重要でもないように言い切る。

「そうだよ。水の中の感じって魔力の操作に少し似ている気がするからね。だから、魔力操作の上手い子たちはよく泳いでいるね」

「重要な情報を教えて頂き感謝します」

俺が礼を言えば、ルイーズが苦笑していた。

「蓮君は相変わらず堅いよね。そこがいいところでもあるけどさ」

柔軟体操が終わると、俺の体はほぐれて温まっていた。

これなら問題なく水泳の授業に集中出来ると思っていると、周囲の女子生徒たちが俺の体を見てヒソヒソと話をしている。

「見てよ、あの傷」

「傷よりも手脚でしょ。再生した場所は少し色が違うわよね」

「化け物と一緒のプールに入るとか最悪」

女子生徒たちからすれば、偽獣の手脚を持つ俺と一緒にプールに入るのは忌避感が強いのだろう。

聞こえない振りをしていると、ルイーズが俺の左腕に手の平を当ててくる。

ペタペタと俺の体を触り始めた。

「……どうしたんですか、ルイーズ？」

「あはは。凄い体をしているな～って思ってね。やっぱり男の人は筋肉が凄いよね。それに傷だらけ……痛い？」

偽獣との戦いに参加していれば嫌でも傷ついていく。

俺の体は傷だらけだったが、再生した右腕と左脚は傷一つなく綺麗なものだった。

「どれも古傷なので今は痛くありません」

「そっか。それなら良かった」

そう言って俺に微笑んでくれるルイーズは、周囲の心ない声で俺が傷つかないか心配してくれたようだ。

教官がホイッスルを短く吹くと、俺とルイーズを見て苛立ったように注意してくる。

「そこ、いつまで遊んでいる！　さっさと水に体を慣らしてプールに入れ」

言い終わった教官は俺たちから顔を背けると、他のはしゃいでいる女子生徒たちを注意し始める。

ルイーズはその様子を見ながらクスクスと笑っていたので、何がおかしいのかと疑問がわいた。

「どうかしたのですか？」

「先生も蓮君を意識しているからおかしくってさ」

「教官殿が？　そのようには見えませんでしたが？」

今もはしゃいでいる女子生徒たちを注意しており、俺を意識しているようには見えない。

ただ、付き合いの長いルイーズには違うように見えているらしい。

「いつもより元気があるっていうのかな？　今まで女子ばかりだったから、先生も意識したっておかしくないよ」

「そういうものでしょうか？」

俺が納得しないでいると、ルイーズが俺の左手を掴んで引っ張る。

「ほら、それよりも早くプールに入ろうよ。最初の十分間は自由時間だから遊べるんだよ」

水に慣れるために十分間は遊んでいいらしい。

俺が受けてきた訓練とは大違いだな。

「了解しましたから、あまり強く引っ張らないでください。ルイーズ？　ちょっとルイーズ!?　まずは水を体にかけてから――」

ルイーズは俺の腕を抱き締めるように引っ張り駆け出した。

左腕を抱き締められているため、ルイーズの胸が当たってしまっている。

「ルイーズ、その、胸が――」

俺の言葉を無視して、ルイーズは勢いを維持したままプールに飛び込む。

「それぇ！」

俺たち二人がプールに飛び込み水しぶきを上げると、教官がホイッスルを強く吹いた。

「ルイーズ、そして一二三！　お前ら上がってこい！」

プールは屋内に用意され、通常の物とは別に飛び込み台が用意された水深五メートル以上の物まで併設されていた。

戦乙女たちを育成するために、施設にも惜しみなく予算が投じられているようだ。

俺たちが体を水に慣らし終わると、ようやく訓練らしくなってきた。

全員がクロールで五十メートルのプールを泳ぎ、終われば水から出てスタート位置に戻っていく。

戻ればまたプールに飛び込み、泳ぐという行為の繰り返しだ。

少し前まではしゃぎ回っていた女子生徒たちだが、今は真剣な顔付きをしていた。

教官はタブレット端末を片腕に持ち、女子生徒たちの様子と交互に見ている。

「ペースが落ちているぞ。訓練で本気になれない奴が、実戦で本気を出せると思うな。余力を残そうなんて小賢しい奴は、どんどん評価がマイナスになると思え」

教官のマイナスという言葉に反応するように、女子生徒たちの動きが変化した。

泳いでいる女子生徒たちはペースが上がり、スタート位置に戻る女子生徒たちも駆け足になる。

プールから上がってスタート位置に戻ろうとすると、別レーンを泳いで先に上がっていたルイーズが俺に手を貸してくれた。

水を滴らせたルイーズの手を借りて、俺はプールから出る。

「皆さん真剣味が増しましたね」

「評価と言われたら頑張るしかないからね。ほら、蓮君も急いで、急いで」

ルイーズに急かされるようにスタート位置に駆け足で戻ると、呼吸が乱れて疲れた顔をしている子たちが目立っていた。

ただ、その中において疲れを見せない女子生徒たちもいる。

五組の生徒たちは全員が中等部を無事に卒業した候補生だ。

基本的に優秀であり、いつでも正規の隊員になれる実力があると認められている。

その中にあっても実力差は如実に表れていた。

スタート位置に戻って自分の飛び込みが来る順番を待っていると、隣のレーンの列に並んだルイーズが話しかけてくる。

「蓮君ってば、私がいるのに他の子を見過ぎじゃない？　酷いな～、嫉妬しちゃうな～」

言葉では嫉妬するなどと言っているが、ルイーズは悪戯っ子のように笑っていた。

俺をからかって楽しんでいるようだ。

「違いますよ。単純に気になっただけです」

「何が？」

「正直に言えば驚かされました。五組の皆さんは体力がありますから」

水泳の授業は二枠を使っており、普段の授業よりも時間が長い。

最初に遊ぶ時間が用意されてはいたが、以降はずっとハイペースで泳がされている。

今まで訓練を受けてきた自分でも息が乱れてきているのに、女子生徒たちの中には少しも息が乱れていない子たちも少なくなかった。

ルイーズもその一人だ。

「これでも候補生だからね。この程度で音を上げていたら、そもそも高等部に進学はできないよ」

さも当然のように言うルイーズは、俺の目から見れば随分と余裕があるように見えた。

「その中でもルイーズは優秀に見えますよ」

「え？　もしかして私って口説かれてる？　罪作りな女だな～私って！」

おどけてみせるルイーズだったが、俺たちの順番が来てしまったので話はここで終わった。

◇

水泳が終わって昼食を挟んだ午後。

体育館に集められた五組の生徒たちは、全員が運動着に着替えていた。

「水泳で疲れているお前たちに朗報だ。座学で眠くならないように、対人訓練の授業を差し込んでやった」

教官から対人訓練が行われると説明されると、女子生徒たちが露骨に嫌そうな顔をしていた。

評価がマイナスにされてもいいのだろうか？　という俺の疑問に答えてくれるのは、しっかりと俺の左隣の位置をキープしているルイーズだった。

「対人訓練は偽獣相手に有効な訓練じゃないから、みんなやる気が出ないんだよね」

「そうでしたか。しかし、教官殿の前で嫌な顔をしては評価がマイナスになるのでは？」

「対人訓練が上手いと別の意味で評価されちゃうから、複雑な子も多いんだよ」

「何か不味いことでも？」

「……正規隊員になれず卒業しちゃう子たちでも、対人訓練の成績が優秀だと治安維持関連の部署に就職出来たりするの」

偽獣を相手にするのではなく、人間を相手にする対人部隊が存在しているというのは聞いたことがある。

ただ、ルイーズの口振りからは、認められるのが嬉しくないと伝わってくる。

「それは嫌なことでしょうか？」

「正規隊員になりたい私たちからすれば、結果を残せず卒業した後の就職先だからね。バトルドレスに乗り続けられるのは魅力的だけど、相手にするのが人間なのはちょっとね」

偽獣を倒すために訓練を積んできた彼女たちからすれば、納得しきれないものがあるようだ。

気付けば教官の説明が終わっており、二人一組で訓練が開始されるらしい。

ルイーズが俺の方に体を向けると、ゴム製のナイフを構える。

「それじゃあ、蓮君は私と一緒に訓練をしようか。大丈夫。こう見えても私は多少鍛えているから蓮君が相手でも怪我なんてしな――」

俺と対人戦の訓練を行おうとするルイーズだったが、彼女を押し退けて俺の前に立つ女子生徒がいた。

短髪で随分鍛え込んでいる彼女は、日焼けをした褐色の肌をしている。

「ルイーズ、悪いけど譲ってくれない？　元歩兵が勘違いしないように教育してやらないとね」

割り込んできた女子生徒に、ルイーズは僅かに腹を立てたようで注意する。

「ちょっと、いきなり割り込まないでよね！」

「いいから譲りなよ。それとも、ルイーズが相手じゃないと怖くて戦えないの？」

女子生徒がゴム製のナイフを構えるが、熟練者とは思えなかった。

安い挑発だとは思ったが、俺も静かに左手でナイフを構える。

ルイーズが俺の構えを見て少しだけ驚いていた。

普段から五組の教室では右利きだった俺が、左手でナイフを構えたので手を抜いているように見えてしまったようだ。

左手で構えたのはリハビリ後の右手よりも戦闘では頼りになるからなのだが、俺の前に立った女子生徒は舐められたと勘違いしたらしい。

「ふざけやがって。元歩兵の分際で、私らを見下してんじゃねーぞ！」

女子生徒が一歩だけ大きく踏み込んだ……そう思った次の瞬間には、俺の懐まで潜り込もうとしていた。

互いの間には二メートル以上の距離があったのに、だ。

女子生徒が振るったナイフの一撃を素早く弾き返す。

最初に感じたのは驚異的な速度だった。

熟練者が出すような洗練された動きではなく、ただ純粋な身体能力を駆使した一撃だ。

俺が目を大きく見開いているのを、女子生徒は笑っていた。

「私らの身体能力を、お前ら普通の人間と比べてんじゃねーよ」

女子生徒は自身の身体能力に自信があるらしいが、それも無理はない。

確かに鍛えられた体付きをしているが、俺から見れば五組の女子生徒たちは細身である。

歩兵だった頃に囲まれていた屈強な兵士たちとは、筋肉量が劣っているように見えた。

しかし、その動きは鍛えられた兵士たち以上だ。

女子生徒が突き出したナイフを避けるが、俺の頬を掠めた。

「速いっ」

女子生徒の動きを見ながら最低限の動きで回避を行い、左手に持ったナイフで攻撃を受け止める。

俺が回避に専念して様子を見ていると、女子生徒は若干だが苛立っていた。

体の動きに無駄が多くなっていた。

「逃げているだけで勝てると思っているのかよ。少しは攻めて来いよ！」

女子生徒の怒りが募っていくのを感じながら、俺は素早い彼女の動きに注視していた。

対人訓練に重きを置いていないのは知ったが、想像以上に無駄が多い。

屈強な兵士すら負かしてしまう身体能力を武器に、圧倒しようとするのが彼女の戦い方のようだ。

いや、自分よりも劣っている俺を侮っているのだろう。

ナイフを振り回す彼女が、攻撃に蹴りを組み込んできた。

仕留められない苛立ちから勝ちを焦っているのが伝わってくる。

「何で当たらないんだよ！」

最初から冷静に戦っていれば、彼女にも勝利する可能性はあっただろう。

彼女が不用意に踏み込んできたタイミングに合わせて、俺も踏み込んで彼女の勢いを殺して腕を掴む。

「しまっ!?」

自分が失敗したと気付いたのだろう彼女を、俺は転ばせて関節技をかける。

いくら彼女たちが屈強だろうとも、人間であれば関節は同じだ。

床に押さえつけていると、数十秒間も必死にもがいた女子生徒が諦めたのか体の力を抜いた。

「……ギブアップだ」

「ありがとうございました」

関節技を解いて警戒しながら女子生徒から距離を取ると、女子生徒は悔しそうに床を叩いていた。

そんな女子生徒の周りには、他の女子たちが集まってくる。

「何してんのよ」

「普通の男に負けるとかあり得ないんだけど」

周囲に責められた女子生徒が、腹立たしさから怒鳴っていた。

「るっさい！　そもそも、対人訓練なんて本気でやらないし！」

言い訳をしている女子生徒から視線を背けると、いつの間にかルイーズが側にいた。

俺の顔を下から覗き込んでいた。

「何か？」

「凄いね、蓮君！　あの子、近接戦闘の成績は悪くなかったのに、それでも勝てちゃうなんて思わなかったよ」

ルイーズは本当に驚いたのか、今回は真剣な顔をしていた。

「これでも訓練は受けていましたから」

「それは私たちも同じだよ。それに、身体能力に限れば私たちの方が勝っているのに、まさかあんなにアッサリ勝てるなんて……何か秘密があるのかな？」

「別に秘密などはありませんよ」

俺が答えずにいると、何故かルイーズが逃がしてくれない。

今回に限っては逃がさないというように、俺に同じ質問を投げかけてくる。

「何か特殊な訓練をしていたとか？　それとも歩兵の人たちにも特別な処置があるのかな？　あの動きは何か秘密があってもおかしくないと思うけど？」

逃がしてくれないルイーズに根負けした俺は、振り返って対戦した女子生徒を見る。

彼女は未だに納得出来ていないようだが、俺が勝てたのには理由がある。

対人戦の訓練を積んできた時間の差もあるだろうが、一番の理由は環境だ。

「本当に特別な秘密などありません。ただ――」

「ただ？」

「――戦場で戦うのは、常に人よりも強靱な偽獣たちでした。生半可な格闘術では偽獣たちに通用しません」

あの地獄のような戦場を生き残った俺からすれば、戦う相手は常に人間よりも強い存在ばかりだった。

俺が五組の女子生徒に勝てた理由も、偽獣を相手にするよりも容易(たやす)いからだ。

「彼女がもっと技術面で優れていれば勝敗は違っていたでしょうね」

対人戦の訓練にもっと真剣になっていれば、今頃は俺の方が負けていた可能性が高い。

彼女たちの身体スペックは、それだけ驚異だった。

だが、ルイーズはそうは思っていないらしい。

「……単純に技量の差だけだとは思わないよ。あの状況で冷静に勝利出来た蓮君は、多分だけど才能があるんだと思う。それは多分、凄い才能だよ」

才能、か。

確かに俺は他の兵士よりも才能に恵まれていたかもしれないが、それでも突如現れた偽獣に手も足も出ない程度だった。

「自分の才能などたかが知れていますよ」

俺がもっと強ければ……そう思って右手を強く握りしめると、何故かルイーズが目を大きく見開いていた。

その反応が気になって声をかける。

「どうかしましたか？」

「な、何でもないよ。それじゃあ、次は私と訓練しない？　蓮君が強いとわかったから、私も手加減しないでいいよね」

ルイーズがナイフを構える姿を見せてくるのだが、先程の女子生徒よりも拙さを感じた。

「さぁ、蓮君も構えて」

「いや、まぁ……はい。それでは始めましょうか」

六話　敵対者

「後ろ向きの思考は目的の達成から本人を遠ざけます……大事なのは成功するイメージと、前向きな姿勢なのです」

トレーニングの休憩中は、ルイーズから薦められた本を読むのが日課になっていた。

どうやら俺に足りないのは前向きな思考だったらしい。

常に最悪を想定して慎重に行動しろ、と教え込まれてきた俺には驚きの発想だ。

自分が魔力出力を向上させたイメージを思い浮かべるだけで、成功するというのが信じ切れない。

ページをめくると、俺の心情に対する答えが書いてあった。

「大事なのは信じる心です。疑ってはいけません？　……くっ、俺には何もかも足りないのか」

誰もいないと油断して、一人称が「俺」になってしまった。

普段は気を付けているのだが、我ながら追い込まれたものだと思う。

読書に集中する俺は、足音に気付いて顔を上げた。

アリソン博士がこちらに向かって歩いてくる。

「一二三君、三回目の魔力コンバーターの出力実験だけど……どうしたの、その本？」

俺が読んでいる本のタイトルを見て、アリソン博士は胡散臭そうな視線を向けていた。

「クラスの友人に薦められました。自分には前向きな思考が欠如しているらしく、それが魔力の出力低下に繋がっているのではないか、と助言を頂きました」

アリソン博士は疑った顔をしていたが、魔力に関わる話になると真剣な顔付きに変わった。

「気持ち……この場合は精神力かしらね？　精神面からのアプローチも考えていたけれど、戦乙女が言うなら説得力があるわね」

「はい」

しおりを挟んで本を閉じると、アリソン博士が表紙を見ていた。

「てっきり、失敗続きで自己啓発本に手を出したのかと思って心配したわよ」

ベンチから立ち上がって姿勢を正す。

「この手の本は初めて読みましたが、勉強になります」

「……そう。でも、私は本よりも友達が出来たのが驚きだわ。クラスで孤立してストレスを抱えないかと心配していたもの」

「ルイーズ准尉は協力的で優しい方です」

「交友関係は大事になさい。場合によっては、実験について一部情報の開示を許可します。そうした方が、より的確な情報を引き出せると思うわよ」

「よろしいのですか？」

「結果に繋がるなら、この際不問にするわ。でも、その友人だけにしてね。——話を戻すけど、三回目の実験予定日が決まったわ。今回の目標値は出力の一パーセントよ」

一回目は十パーセントだった目標が、三回目を迎えて一パーセントにまで下がっていた。

単純に俺に対する期待値の低下を意味している。

「目標を達成出来るよう、予定日まで全力を尽くします！」

「そうしてくれると助かるわ」

アリソン博士は俺に背を向けて歩き去っていく。

ベンチに座り、俺は本を広げて続きを読み始める。

「次は……成功した自分をイメージする方法について、か」

魔力を規定値まで出力し、サンダーボルトが力場を発生させる姿を想像する。

「成功した自分をイメージ……イメージ……」

俺は予定日までにイメージを完璧に仕上げるため、訓練を欠かさなかった。

◇

『これより三回目の魔力出力実験を開始します。パイロット、準備はいい？』

三回目を迎えた魔力コンバーターの実験を始めた俺は、操縦桿を強く握りしめていた。

「はい、問題ありません」

今回はルイーズに薦められた本を読み、同種の関連する書籍も読み漁った。

成功する自分を何度も何度もイメージした。

後ろ向きの性格を改善するため、本に書かれていたトレーニング方法は全て試した。

後は、俺自身が結果を出すだけだ。

モニターに映るアリソン博士が、少々呆れた表情をしていた。

『今回はいつも以上にやる気があるわね。読んだ本は役に立ったと思っていいのかしら？』

「……やれることは全て実行しました」

何事も準備が重要だと訓練施設で教わってきた。

実験日を迎えるまで、俺は自己啓発本をひたすら読み込んで実行してきた。

『自信がありそうね。結果に繋がることを祈っているわ。実験を開始します。パイロット、魔力供給を開始して』

「魔力供給を開始！」

操縦桿を握り締めて魔力を放出する……魔力コンバーターに魔力が流れ、出力を示す針がピクリと動いた。

感覚的に前回よりも放出される魔力量が増えている気がした。

いける……今回は成功する！

失敗するイメージを拭い去り、成功する姿だけを思い浮かべた。

『……実験終了』

実験の終了を告げられ、俺はすぐに結果をアリソン博士に確認する。

「結果は！　アリソン博士、結果はどうでしたか？」

焦りが表れ声が大きくなってしまった。

今は少しでも早く結果が知りたい。

それだけ、今の俺には実験に対して手応えがあった。

しかし、アリソン博士の表情からは実験結果が芳しくなかったのが伝わってくる。

『結果だけを見れば三倍近くの効果が出ていたわ』

「三倍？」

大幅な数値の上昇が知らされるが、それは望んだ結果ではなかった。

『そう、三倍よ。結論から言えば一パーセントには届かず。三倍という結果は素晴らしいけれど、誤差の範囲を出ていないわ』

「誤差の……範囲内……」

自己啓発本を読み込んで精神面からアプローチを行ったが、結果は芳しくなかった。

アリソン博士は実験の継続を告げてくる。

『上昇し続ければ可能性はあるわ。このまま本日二度目の実験を開始します』

「……了解、しました」

そう、次も同じように結果を出せばいい。

ただ、結果を出し続ければ……。

◇

三回目の実験結果を振り返るアリソンは、スミス博士と意見を出し合っていた。

スミス博士は今回の実験結果を口にする。

「最初だけは前回の三倍の出力を出したのに、続ける度に悪くなってしまったね。一回目で魔力を出し尽くしてしまったのかな?」

怒るでも、残念がるでもなく、ただ結果を受け止めていた。

スミス博士の態度は、アリソンには能天気に見えて腹立たしい。

「微増と言えば希望もありますが、この結果では上層部は誤差としか判断してくれませんよ」

　上層部がプロメテウス計画を失敗と判断すれば、自分たちの開発チームは解散させられてしまう。

　危機感を持ってほしいアリソンに対して、スミス博士は笑っていた。

「結果は改善しているじゃないか。このまま精神的なアプローチを続けていれば、目標の一パーセントは達成出来るんじゃないかな？」

「本来の目標は十パーセントです！　そもそも、自己啓発本を読んで成功するなら苦労はありませんよ」

　精神的なアプローチの可能性を考慮し、蓮の行動を否定しなかった。

　だが、結果から言えば誤差の範囲内だ。

　アリソンの立場から言わせてもらえば、自己啓発本には科学的な根拠がない。

　本来であれば止めさせたかった。

「成功をイメージすれば解決するなんてオカルトです」

　スミス博士はアリソンの意見を聞き入れながらも、自分の見解を述べる。

「確かに成功をイメージするだけでは足りないね。科学的に付け加えるなら成功するまでの過程も重要だ。何よりも大切なのは実行力かな？　オカルトと断言するのは早計だよ。説明が足りないだけさ。今後はエンヴィーに過程を重視するように言えばいい。大事なのは結果に導いてくれる正しい努力さ」

間違いでもないが正しくもない、そんな曖昧な言い方をするスミス博士にアリソンは嫌みを込めて言う。

「成功には過程が重要……まさにその通りですね。その過程に問題を抱えていなければ、私も諸手を挙げて賛同する意見でしたよ」

魔力出力を向上させたいが、その方法が不明では実行するのも困難だ。

蓮も、そして開発チームも、その方法を手探りしている最中である。

機嫌を損ねたアリソンを無視して、スミス博士は今回の結果を表した数字を眺めていた。

「さて、ここからどうやって目標を達成したものか」

◇

「えぇぇぇ！　失敗したの!?」

実験結果が失敗したことを告げるため、俺はルイーズと屋上に来ていた。

今回の結果に驚きの声を上げるルイーズに、俺は申し訳なさを感じていた。

「せっかくルイーズから助言を受けたのに、不甲斐ない結果に終わりました。全ては自分の責任です。成功する自分を強くイメージ出来ませんでした」

俺は無意識に自分を疑ってしまったらしい。

最初こそ手応えを感じたが、結果を見れば目標達成には程遠かった。

助言をもらっても結果が出せない自分を不甲斐なく思っていると、ルイーズが俺の背中を優しくさすってくる。

「そんなに落ち込まないで。大丈夫だよ。これから少しずつ結果を出して行けばいいんだし。魔力操作は才能の領域でもあるし、短い期間で結果が出せただけでも凄いことだよ」

慰めてくれるルイーズの言葉は嬉しいが、どうやら自分には魔力に関する才能がないらしい。

ルイーズの言葉が思い出される。

自分よりも優秀な生徒は沢山いたが、大半が卒業出来なかった、と。

幾らその他で才能を示そうとも、魔力を引き出せなければ戦乙女としては無価値らしい。

偽獣と戦うのに魔力が必須な現状では、どれだけ戦う才能があっても魔力がなければ無意味だ。

「自分には魔力を扱う才能がないのかもしれません」

弱音を吐く自分に、ルイーズは背中をバンバン叩いてくる。

「そういう後ろ向きな発言は禁止！　蓮君はもっと前向きになった方がいいよ。僅かでも魔力の操作が向上したなら、今後はコツを掴めばいいだけだよ」

「もっと前向きになれたら、魔力の出力は向上するのでしょうか？」

「少しでも成果があったなら試すべきだよ。それに、始めたばかりなのに、大きな結果を求めるなんて駄目だと思うよ」

ルイーズの指摘に、俺は苦笑を浮かべた。

確かに焦りすぎたようだ。

「そう、ですね。もう少し頑張ってみます」

ルイーズが満面の笑みを浮かべる。

「うん、それが一番だよ。私も役に立つ本を探してみるね。一緒に頑張ろう、蓮君」

「はい！」

学園では五組を中心にある噂が広がっていた。
廊下で女子生徒二人が話し込んでいる。
「聞いた？　学園に間借りしている人型兵器の実験だけど、もう六回も失敗したらしいよ」
「もう諦めればいいのにね。そもそも、男を戦力化するなんて無理なのよ。私ら戦乙女に任せればいいのにさ」

男性が戦場の花形に返り咲こうと必死すぎる、と二人は嘲笑っていた。

開発チームの頑張りも、彼女たちにすれば無駄な努力に見えているのだろう。

タイミング悪く通りかかるのは、蓮にお薦めの書籍を持って行く途中のルイーズだった。

(蓮君の悪い噂が思ったより広がっているわね)

噂話に耳を傾けないよう、足早に去ろうとするが女子生徒二人は逃がしてくれそうにない。

わざとルイーズの前に出て、道を塞いで話しかけてくる。

「待ちなよ、ルイーズ」

「これからどこに行くのかな？」

二人はルイーズの事情を知っているのに、わざとらしく問い掛けてきた。

ルイーズは書籍を抱き締めながら答える。

「……蓮君に本を届けようと思って」

二人はルイーズが持っている本に目を向けると、訝しんだ表情になった。

話題の男性パイロットに届ける本だとは思わなかったらしい。

だが、二人はすぐに本のことを無視してルイーズの行動を咎めてくる。

「いい加減にしなよ、ルイーズ。あんたは同じ五組の仲間だから言うけど、あいつは私たちとは違うんだよ」

「そう、そう。関わってもろくな事にならないよ。実際、男に誑かされたって噂している連中もいるからね。このままだと、あんた編入の目がなくなるよ」

「他のクラスも男性パイロットには懐疑的だって噂だからね。それに、親しくしていると関係を持ったって噂されるよ。事実はどうであれ、そんな噂が広まれば私たちには致命的だって理解しているだろ？」

二人の言葉を聞いて、ルイーズは俯く。

「それくらい知っているよ。戦乙女は男性と関係を持ったら駄目だって……でも、私と蓮君は友達で、清い関係だから心配ないよ」

問題ないと言うルイーズに、女子生徒二人は顔を見合わせてから責めてくる。

「周りがどう思うかって話だろ。あんた、ブーツキャットの面談で失敗したのに、まだ懲りてないの？」

「他のクラスの女子を敵に回すと、編入の可能性が低くなるってわかっているよね？　だったら、今すぐにでも関係を切った方がいいって」

二人は言うだけ言うと、ルイーズを残して去って行く。

ルイーズは本を強く、強く抱き締めて震えていた。

「……私が一番よく理解しているよ」

◇

間借りしている格納庫の隅で、俺はトレーニング用のベンチに腰掛け項垂れていた。

用意されたメニュー以上のトレーニングを自らに課し、終わってみれば筋肉は膨れ上がって汗だくになっていた。

格納庫にサンダーボルトの姿はない。

開発チームが機体の調整を理由に、学園から別の研究所に運んでしまった。

俺は震える右手を見つめる。

少しでも自分の体として馴染ませるために、限界まで鍛え続けてきた。

だが、偽獣の細胞から生み出された手脚や臓器は、俺の希望を叶えてはくれなかった。

六度目の実験にしても、微増どころか魔力出力の減少が続いている。

三度目の実験で三倍の数値を出して以降は、ずっと下がり続けていた。

この結果に上層部はプロメテウス計画の破棄も検討に入ったと知らされ、俺は自分の存在意義を失いかけていた。

実験機を学園から引っ張り出したのも、計画中止を検討しているからだとアリソン博士が言っていた。

もう、俺には何も残されていなかった。

「どうすればいい……どうすれば魔力を出せる」

俺の側にはこれまで読み漁ってきた本が山積みになっている。

ルイーズから薦められた本に加え、俺自身も購入して読破した。

それなのに結果には繋がらない。

失敗を重ねれば重ねるほど、成功するイメージが遠のいていく。

今では自分を信じることが出来なくなっていた。

「どうして埋まらない。どうすれば、俺に足りないものを補える！」

力の入らなくなった右手を強く握り締めた。

幾ら前向きになろうとしても、俺の根っこの部分である深層心理は後ろ向きのままだった。

失敗する可能性を見つけては、まだ足りないと訴えかけてくる。

どれだけ本を読み、書かれている内容を実践しても変わらなかった。

「俺では駄目なのか」

辛い手術やリハビリに耐えてきたのは、自分の存在価値を示すためだ。

それが果たせないことに、自分でも言い表せない悔しさが込み上げてくる。

これまで、どんな過酷な戦場でも感じたことのない感情だった。

項垂れていると腕時計のアラーム音が鳴った。

ガラリとした格納庫に電子音が空しく響き、俺はゆっくりと立ち上がる。

「次の訓練の時間だ」

俺は重たい足取りで格納庫を出ると、学園のプールへと向かった。

◇

深夜のプール。

学園側に訓練のため使用許可を求めたら、女子生徒たちが使用しない深夜の時間帯を指定された。

許可を貰う際に幾つか条件を出されており、使用出来る照明は限られていた。

そのため屋内プールは薄暗く、不気味さを感じてしまう。

余所者に対する嫌がらせにも感じるが、使用許可を出してくれるだけまだありがたい。

「少しでも魔力に関わる訓練時間を増やさなければ」

今は藁にもすがる思いでルイーズのアドバイスを実行していた。

準備運動を終えた俺がプールに入ろうとすると、ペタペタと足音が屋内に響いた。

薄暗い室内は頼りない照明よりも、窓から差し込む月光の方が明るいくらいだ。

振り返ると、屋内プールの暗闇から足音の主が姿を現した。

そこには、学園指定の水着に着替えた隼瀬中尉の姿があった。

俺の姿を見ても驚きもせず、歩きながら背伸びをしていた。

隼瀬中尉は僅かに笑っているように見えた。

「あれ？　先客がいるとは思わなかったわ」

「それはこちらの台詞ですよ、隼瀬中尉殿。この時間は自分が使用許可を得ています。どうして隼瀬中尉殿がこの場にいるのですか？」

女子生徒たちが使用しない時間だからと許可されたのに、隼瀬中尉が乗り込んできては話が違ってくる。

隼瀬中尉が俺から背けた視線を左上に動かしながら答える。

「急に泳ぎたい気分になったから」

「……は？」

気分？　確かに泳ぎたい気分になる日もあるだろうが、まさか俺が使用許可を得た時間とかぶるとは思ってもいなかった。

困惑している俺を見る隼瀬中尉は、何故か恥ずかしそうに顔を赤らめていた。

「それとも何？　私がここで泳いだら駄目って言いたいの？」

確かに俺は学園から許可を得ているが、しょせんは余所者だ。

エースとしての特権を持っている彼女の前では、俺程度が得た許可など無意味だろう。

「特権を持つあなたに言われては、自分は何も言い返せません」

「特権？」

首を傾げる隼瀬中尉の横を通り過ぎ、俺は屋内プールを後にしようとしていた。

彼女も俺と一緒にプールに入るのはごめんだろうし、俺も泳げないならこの場にいても時間の無駄だ。

しかし、隼瀬中尉は俺の右腕を掴んできた。

「待ちなさいよ。使用許可は得ているのよね？　だったら、あんたが出ていく必要はないでしょ」

「は？　しかし」

「一緒に入ればいいじゃない。それとも、私と一緒は嫌？」

右手を腰に当ててポーズを取る水着姿の隼瀬中尉は、程よく鍛えられた体をしていた。

この学園に来て女子生徒の体付きには何度も驚かされてきた。

彼女たちの筋肉量は多くない。

一般的な女性兵士よりも少ないだろう。

それなのに、彼女たちの身体能力は屈強な精兵よりも優れていた。

ヘアセットやルーザーが、よく端末にグラビアモデルや綺麗な女性たちの画像を保存していたが、彼女たちにも負けない容姿をしている人が多い。

月光に照らされた隼瀬中尉など、ヘアセットから見せられたどのモデルよりも美しい。

それなのに、凶悪な偽獣たちと戦う人類の守護者なのだから信じられない。

驚異的な身体能力を発揮する細く軽い体には、個人的にも興味が尽きない。

こうして彼女を間近で見られる機会はなかったので、どうやら俺はまじまじと見つめていたらしい。

堂々としていた隼瀬中尉が、胸を両手で隠して体をよじった。

「ちょ、ちょっと、そんなに見つめないでよ。流石に恥ずかしいっていうか……」

「失礼しました。隼瀬中尉殿のご提案に驚かされました」

隼瀬中尉は俺に背中を向け、顔だけ振り返らせた。

「どうだか？　結構失礼な視線を感じたわよ」

どうやら俺の視線は彼女を不快にさせてしまったらしい。

ここは謝るべきだろう。

「申し訳ありません。程よく鍛えられた美しい肉体であると思い見入っていました。その体で屈強な兵士以上の力を発揮する戦乙女は、やはり凄いのだと思い知らされました」

顔を赤らめながら隼瀬中尉が頬を引きつらせていた。

「それ、褒めているつもり？」

「自分にとっては褒め言葉のつもりだったのですが？」

隼瀬中尉は俺から顔を背け、盛大なため息を吐いていた。

夜のプールを一人で黙々と泳いでいる俺とは別レーンで、隼瀬中尉が仰向けになって水に浮かんでいた。

本人は泳ぐつもりもないらしく、先程から水に浮かんでいるだけだった。

俺の方は五十メートルを泳ぎ切り、乱れた呼吸を整える。

今日は二人だけなので、水中でターンを行いずっと泳いでいられた。

だが、疲れもあって思うような結果が出せていない。

「この程度では全然足りない。もっと……もっと魔力を引き出せるようにならなければ」

自分に言い聞かせ、体に鞭を打ってもう一泳ぎ、というタイミングで隼瀬中尉が声をかけてくる。

「さっきから不思議に思っていたんだけどさ」

「っ!?」

接近されたことに気付かなかった俺は、驚きながら振り返った。

俺の様子が面白かったのか、隼瀬中尉は笑みを浮かべている。

「そんなに驚かないでよ。凄腕の兵士は背中を取られないものじゃないの？」

俺は自分が凄腕とは思っていないが、確かに接近に気付けなかったのは落ち度だった。

「申し訳ありません。疲れが出ているようです。ただ、自分は凄腕の兵士ではありませんよ」

隼瀬中尉はレーンを区切っている水中ロープに体を預け、楽な体勢で俺を見ていた。

「どうだか。ま、それはともかくさ……あんた、なんでずっと泳いでいるわけ？」

泳いでいる理由を問われた俺は、一瞬だが何と答えるべきか悩んだ。

ルイーズには相談していたが、隼瀬中尉にまで機密情報を開示していいものか、と。

悩んでいるのが顔に出ていたのか、隼瀬中尉の方が察してくれる。

「答えられない、か。まぁ、大体想像は付くけどね。大方、魔力の出力で悩んでいるのよね？」

開発チームの事情に詳しい隼瀬中尉に、俺は顔を背けた。

「随分とお詳しいですね。お調べになったのですか？」

俺の棘を含んだ発言に対して、隼瀬中尉は鼻で笑った後に嘲り（あざけ）を感じさせない笑みを浮かべた。

「教えてあげない。自分で考えるのね」

一瞬白々しいと思ってしまったが、隼瀬中尉が俺を見つめる瞳は真剣そのものだった。

俺は一瞬だがその瞳に魅入られていたと思う。

隼瀬中尉が俺の現状について尋ねてくる。

「失敗した理由は自分で理解しているの？」

このまま機密情報だからと無言を貫いてもよかったが、今の俺には現状を打開する術がなかった。

だから、情報を可能な限り伏せて答える。

「全ては自分の不甲斐なさが原因です」

「不甲斐なさ？　もっと具体的にないの？」

隼瀬中尉は俺の答えが意外だったようで、どうにも納得していなかった。

「自分なりに努力はしました。薦められた本を読み、トレーニングも積み重ねました。けど、駄目だったんです。幾ら努力しても自分は後ろ向きのままで……実験前に万全の状態に自分を持って行けませんでした。そんな不甲斐ない自分が……俺は嫌になります」

思い付く限りの訓練を試してきたが、結果は伴わなかった。

実験をしても魔力の出力は目標値に届かず、失敗ばかりが続いた。

俯いて水面を見つめていると、これまでの苦労が思い起こされてくる。

手術やリハビリ、学園での日々……そして訓練の数々。

全てが無駄だったとは思いたくなかったが、これも結果ならば受け入れるしかない。

そう思っていると、隼瀬中尉が呆れたように言う。

「自己啓発本を読んで、泳いだら魔力が出ると思っていたの？　バッカじゃないの？」

「……隼瀬中尉殿？」

顔を上げて彼女の顔を見れば、心底呆れた顔をしていた。

「前向きになれなかったら駄目だって本気で思っているの？　そもそもさ、否定的な人間が本を読んだだけで肯定的になれるなら苦労しないのよ」

隼瀬中尉は水中ロープを越えるために一度潜り、俺がいるレーンに来ると顔を出した。

両手で髪の毛を後ろに流して水を落とし、それから頭を横に振った。

彼女のまき散らした水滴が俺の顔にかかった。

隼瀬中尉は俺の右肩に左手を置いた。

異様に顔を近付けてきて、その距離は鼻先があと数センチで触れ合う距離だった。

「そいつの本質っていうのは簡単に変わらないわ。あんたも理解しているわよね？」

「そ、それは……」

変わりたかった。けれど、変われなかった。

これから変われる見込みもない。

言い淀んだ俺に、隼瀬中尉が問い掛けてくる。

「一二三蓮……あんた、何のためにここにいるの？」

「任務です。自分はプロメテウス計画に志願しましたから——」

答えようとすると、隼瀬中尉の右手が俺の左肩を掴んで壁に追い込まれた。

酷使した肉体は限界に来ており、隼瀬中尉を振りほどけなかった。

隼瀬中尉は俺に怒りを感じているらしい。

怒気が強まり、それでいて何故か瞳は悲しそうに見えた。

「私たちは自分の意志でここにいるわ。偽獣と戦うためにね。中等部を卒業した連中は、全員が戦士よ。戦乙女になって戦うためにここにいる……それなのに、あんたは命令されたからここにいるわけ？　気に入らないのよ」

隼瀬中尉が俺を嫌う理由も理解は出来るが、俺は兵士としてこの場にいる。

その事実は変わらない。

「自分は兵士です。命令には逆らえません」

俺の両肩を掴む隼瀬中尉の力が増してくる。

「どっちでもいいのよ！　戦士だろうと兵士だろうと同じだから。——あんた命令のためだけに戦っているの？　だから魔力が応えてくれないのよ。あんたみたいな意志のない兵士に乗られて、あの実験機も迷惑したんじゃないの？」

俺は左手で隼瀬中尉の手首を掴んで振りほどこうとするが、抵抗され叶わなかった。

「戦う意志はあります。あるんです！　でも、魔力出力は少しも向上しなかった。全て試した上で失敗したんですよ！」

俺の視線は自然と再生された自分の右手を見ていたと思う。

偽獣の細胞を培養し作られた右腕だ。

俺にとっても忌々しい存在だったが、偽獣と戦えると聞いたから手術を受けた。

それなのに、何もできずに失敗するなど悔しくてたまらない。

実験のために貴重なデータを残せたなら、それでも悔しいが納得出来ただろう。

だが、俺はまだ何も為せていなかった。

隼瀬中尉の怒気が幾分か小さくなった気がする。

「あんた、さっきから兵士だから、命令だからって言い訳をして大事な部分を答えていないわ」

「大事な部分？」

隼瀬中尉から挑発する表情が消え、今は俺を見定めようとしていた。

「あんた、成功率の低い危険な人体実験に志願してまで何を求めたの？」

「それは……あのままでは自分は死ぬしかなく、人体実験の成功に賭けるしか生き残る道はありませんでした。それに、この計画は人類にとって有意義であると思ったからです」

「激痛を伴う手術とリハビリに耐えてまで？　耐えきれずに死ぬ人間までいたのよ。それなのに、あんたは耐え抜いた。……命令やそんな浮ついた理由で実行したの？」

人類のため、が浮ついた理由と言われてしまった。

本来ならば激怒する場面かも知れないが、俺の中に人類のために、という動機がないのを見抜かれた気がして言い返せなかった。

薄暗い屋内プールでも輝いて見える隼瀬中尉の青い瞳が、俺の深層心理まで覗き込んでいるような気がした。

青い瞳に吸い込まれそうな錯覚を感じていると、不意に懐かしい声が聞こえてきた。

『お前は本当に女神さまが好きだな。そんなに見つめても、俺たちには振り向かねーぞ』

戦場で空ばかり見上げていた俺に、小隊長が呆れ、そして笑いながら言った台詞だ。

暇さえあれば俺は戦場で戦乙女を探していた。

どうして探していたのか、自分でもよくわからない。

ただ、憧れとは違う気がした。

俺は意図せずして、あの頃の自分と向き合わされる。

何を考え、戦乙女を見上げていたのか？

憧れなどという前向きな言葉では言い表せない感情が、俺の胸に秘められていた。

一般的には醜いと言うのだろうか？

どす黒い感情が渦巻いており、それを隼瀬中尉の青い瞳が見逃さず問い詰めているような気がしてならない。

俺の抱いた感情を言葉にすれば、皮肉にもコールサインに近しい「嫉妬」だろう。

空高く舞う戦場の主役たちに、俺は嫉妬していたのだ。

俺も同じ力が欲しい、と。同じように戦いたい、と。

「俺が実験に参加したのは――」

言葉にするのを躊躇って(ためらって)いると、隼瀬中尉が急かすように俺を揺すってくる。

「早く言いなよ。それとも、命令だって言えばあんたは納得するの？」

何の事情も知らず、俺を急かしてくる隼瀬中尉に不満がたまっていた。

そんなに聞きたいなら聞かせてやる、と隼瀬中尉の両手首を掴んだ俺は、内に溜め込んだ嫉妬やら何やらをぶちまける。

「それでは言わせて頂きます。――自分は昔からあなたたち戦乙女が羨ましかった。自由に我々の頭上を飛び回り、二等級以上の偽獣たちと戦えるあなたたちが！　自分たちは地上を駆けずり回り、三等級の相手が精々でした。なのに、あなたたちにとって三等級など眼中にもない」

自分の中の不満をぶちまけていくと、隼瀬中尉が力を抜いたのがわかった。

ただ、彼女は俺から視線だけは外さなかった。

「ええ、嫉妬ですよ。自分は！　俺は！　ずっと、あなたたちが妬ましかった。俺たちが望んでも手に入らない力を持つあなたたちが……だから、同じように戦えると聞いて、志願したんです」

あの時は断れば死ぬのを待つだけの身だった。

実験体に志願すれば過酷な手術とリハビリが待つと知りながら、戦乙女への妬みから受け入れてしまった。

全てをぶちまけた俺は、肩で呼吸をするほど興奮していたようだ。

いつの間にか一人称も俺になっており、しまったと後悔する。

冷静さを取り戻した俺は、黙ってこちらを見つめている隼瀬中尉から逃げるように視線を逸らした。

「理解されましたか？　自分が志願した理由など、個人的なつまらないものですよ。あなたたちへの嫉妬から志願したんですからね」

我ながら馬鹿馬鹿しい話だと思った。

戦乙女に嫉妬したから志願して、過酷な手術とリハビリを耐えきったのだから。

俯いていると、隼瀬中尉が俺の髪を掴んで強引に顔を上げさせた。

「それだけの理由がありながら、どうして俯くのよ？　顔を上げなさい」

「……え？」

「いいじゃない。後ろ向きだろうと、それだけ突き通せるなら可能性があるわ」

最初は何を言われているのか理解出来なかった。

隼瀬中尉は真剣な表情を崩さない。

「ただの嫉妬でここまで来たなら、あんたは私たちに並ぶ可能性がある。でも、偽っている内は駄目ね。自分の中の本気の感情をぶつけてやらないと、魔力は応えてくれないわよ」

そう言って、隼瀬中尉は俺の右手に視線を向けた。

隼瀬中尉の左手が、俺の右手と重なり優しく握ってくる。

偽獣の細胞から生み出され、五組の女子生徒たちに嫌われていた右手を、だ。

「嫉妬？　大いに結構よ。あんたがやるのは、自分を偽って前向きになることじゃないよ。後ろ向きだろうと、自分を受け入れてやりなさい。そうすれば、魔力は応えてくれるわ」

いつの間にか俺たちは体が密着していた。

プールの中で、触れた箇所から僅かに隼瀬中尉の体温が伝わってくる。

唇が触れ合いそうな距離まで近付いており、俺はハッとした。

「隼瀬中尉殿……その、この距離はまずいかと」

俺が冷静になって指摘すると、隼瀬中尉も気付いたのか耳まで赤くして距離を取った。

その際、俺の右手を握っていた彼女の左手は何故か名残惜しそうにしているような気がした。

「と、ともかく、そういうことだから！」

それだけ言って、隼瀬中尉は俺に背中を向けてプールから出ようとする。

一瞬だけ見えた彼女の横顔は微笑んでいるような気がして、俺は慌てて追いかけるもオーバートレーニングの影響で力が入らない。

だから、声を大きくして隼瀬中尉に問う。

「隼瀬中尉殿、あなたは自分のことを嫌っていたはずでは？　どうして、自分に助言をしてくれるのですか？」

プールから上がった隼瀬中尉は、俺に背中を向けたまま答える。

「私が気に入らないのは、あんたが参加した計画の方よ。プロメテウスだか何だか知らないけど、人体実験を許容する計画なんて認めるわけにはいかないのよ」

隼瀬中尉は「何のために、私らがいると思っているのよ」と愚痴だか文句だかを呟いていた。

聞きようによっては、戦乙女以外は認めないとも取れる発言だろう。

だが、彼女にはそんなつもりはないのだろう。

隼瀬中尉の人となりから、俺は悪い人物とは思えなくなっていた。

俺は離れて行く隼瀬中尉に声をかける。

「ありがとうございました、隼瀬中尉殿！」

彼女は一度立ち止まると、上半身だけを振り返らせて微笑んでいた。

「……今度は成功するといいわね」

そう言って隼瀬中尉は屋内プールを出て行った。

プロメテウス計画自体に否定的な立場は変わらないが、俺個人にはそこまで悪感情を抱いていないらしい。

ただ、そうなると一つだけ問題が出て来る。

「……この予想だけは外れてくれるといいんだが」

◇

学園校舎から出てきたルイーズは、僅かに髪が濡れている真矢に出くわした。

「隼瀬さん!?」

驚いた顔をするルイーズを見て、真矢は露骨に嫌な顔をする。

「あんた、こんな時間に何をしているのよ？」

視線はルイーズが持っている書籍のタイトルに向かっており、真矢は嫌悪感を隠そうともしていない。

深夜に図書室で何をしていたのかと問われ、ルイーズは答える。

「蓮君の訓練が深夜まで続いているって聞いたから……それに、隼瀬さんこそこんな時間に何をしているの？　まさか、蓮君の——」

ルイーズは、図書室から持ち出した書籍の数々を抱き締める。

「あんたには関係ないでしょ。というか、まだそんな本をあいつに薦めていたの？　わざわざ後ろ向きの奴に、前向きになれなんて酷い奴よね」

真矢の言葉を受けて、ルイーズは自分の意見をハッキリと告げる。

「蓮君は前向きな人だよ。色々と事情があって今はあんな感じだけど、元々は肯定的な人だと思っているから」

ルイーズは五組で蓮と交友関係を築き、人となりを自分なりに掴んでいた。

だから、この方法が最も効果的であると確信を持っていた。

「今現在は違うでしょ。本気で成功させたいなら、ネガティブでもいいから自分を受け入れるように助言するべきだったわね」

「そんな一時的な方法は駄目だよ。……もしかして隼瀬さん、蓮君を使い潰したいの？」

使い潰すという言葉に、真矢は過剰な反応を見せる。

激高したのか、僅かに髪の毛が逆立つように膨らみ、本人は眉根を寄せ、眉尻を上げて睨んでいた。

「私が使い潰す？　言ってくれるじゃない」

「だってそうでしょ？　一時的な解決法だけ示して、本当の蓮君を見ていない。結果だけ出せればいいなんて、そんなの酷すぎるよ。もし、蓮君が私たちと同じなら……下手な成功はかえって命取りになるって知っている癖に」

ルイーズが真矢を責める視線で見ると、二人の距離は一気に縮まっていた。

真矢が三メートルほどはある距離を一瞬で詰め、ルイーズの肩辺りを掴んでいた。

服を捻られ、ルイーズは真矢に引き寄せられる。

真矢の青い瞳は、戦乙女として実戦を経験した猛者のものだった。

「薄っぺらい台詞をペラペラと！　だから私は、中等部の頃からあんたが嫌いだったのよ」

今回ばかりはルイーズも負けていられないと、真矢に抵抗する。

「それはこっちの台詞だよ、隼瀬さん。こっちは仲良くしたかったのに、私を毛嫌いして遠ざけたのはあなたよ」

ルイーズが真矢を突き飛ばす。

真矢は驚いた顔をするも、すぐに好戦的な笑みを浮かべた。

「今回は随分とこだわるじゃない」

実戦経験者、しかもエースである真矢の威圧は、ルイーズにとっても厳しい。

今にも逃げ出したくなる気持ちを抑え、堂々と言い返す。

「こだわっているのはそっちだよね？　どうして私たちの邪魔をするの？　事ある毎に蓮君に絡んで、一体何がしたいの？」

普段のルイーズと違うと思ったのか、真矢は威圧を止めて慎重な態度を取る。

ルイーズの問い掛けに答えようと口を開くが……結局、答えは出て来なかった。

黙っている真矢に、ルイーズは普段とは違う芯の強さを見せ付ける。

「隼瀬さん、今回は譲るつもりはないよ。……蓮君は私が守るから」

真矢はルイーズの言葉に興を削がれたようだ。

「そう……好きにすれば」

この場を乗り切ったルイーズは、深いため息を吐くと格納庫へと向かう。

「蓮君大丈夫かな？　……隼瀬さんに何か言われていないといいけど」

七話　エンヴィー

上層部に呼び出しを受けていたアリソンとスミス博士の二人は、幹部を前にして計画の継続を主張していた。

現在はスミス博士が計画について語っている。

「微増ではありますが魔力の出力を確認しました。また、一時的ではありますが、魔力出力の向上が見られており、実験の継続は必要であると主張いたします」

散々な結果しか提出していない会議の場で、にこやかなスミス博士を見る目は冷たい。

アリソンも計画の破棄もやむなし、と思っていたが上層部――プロメテウス計画を主導している幹部たちは違った。

「この程度の数字では計画を継続させる材料にならない。スミス博士、我々が欲しいのは目に見えた結果だよ」

「存じております」

笑顔で返事をするスミス博士に、幹部たちは憤りを感じているらしい。

この危機的状況を理解しているのか、と言いたいようだ。

だが、相手は変人として有名なスミス博士だ。

言うだけ無駄だと理解しているのか、話を先に進めたいらしい。

アリソンとしても、無駄な時間が省けていい、とこの時ばかりはスミス博士に感謝した。

幹部の一人が、わざとらしくため息を吐いてから言う。

「かつて人型兵器開発計画は、偽獣に対する無力さから廃止されました。今回のプロメテウス計画ですが、我々にとっては計画の再開でもあります」

アリソンはこの場にやって来たことで、人型兵器に魔力コンバーターが積み込まれた理由を理解することが出来た。

（人型兵器開発のメンバーが、再度集結してリベンジしていたのね。諦めの悪いこと）

戦闘機でも戦車でもなく、人型兵器に搭載された理由は馬鹿馬鹿しいものだった。

人型兵器に利点が全くない、とは言えない。

だが、もっと他の方法もあったはず――そう思いながらも、アリソンは黙って会議を見守っていた。

幹部は話を続けている。

「莫大な予算を投じて玩具を造った、などと当時は馬鹿にされたものです。今回失敗すれば、二度と我々にチャンスは巡ってこないでしょう。それだけは理解してください」

幹部たちと同様に、自分たちにもチャンスは二度と巡ってこない。

スミス博士は困った顔をしながら、幹部たちに問う。

「どの程度の期間で結果を出せばよろしいのでしょうか？」

幹部の中で一番偉い男が答える。

「年内、と言いたいが三ヶ月だ。それ以上は、我々も庇いきれない。プロメテウス計画に懐疑的な者は多い。何より、戦乙女たちが否定的だ。せめて出力の十パーセントを達成して欲しい。目に見えた成果がなければ、彼女たちを説得出来ない」

組織内の幹部には女性が多い。

ほとんど元戦乙女という肩書きを持っている。

偽獣の出現から半世紀近くが過ぎ、組織内では戦乙女たちが要職に就いて権力を握っていた。

この場に集まった幹部たちも苦しい立場なのだろう。

スミス博士は三ヶ月という時間を聞いて、幹部たちに確認を取る。

「場合によっては多少手荒な真似をしても構いませんか？　テストパイロットの偽獣の割合を増やせば、単純に魔力の出力は向上しますからね」

スミス博士の提案が何を意味するのか、幹部たちも知っていた。

知っていたが、スミス博士に許可を与える。

「許可する」

幹部たちも追い詰められており、可能性があるならば、と非人道的な方法を許可してしまった。

アリソンは会議の場で一人俯き、両手を握りしめていた。

◇

実験機であるサンダーボルトが格納庫に戻ってきた。

パイロットスーツに着替えた俺は、機体に乗り込む前にアリソン博士と打ち合わせをしている。

今回の実験内容の確認と、実験機の変更についてだ。

地上では魔力コンバーターの出力だけでなく、サンダーボルトの機体自体も調整が施されていた。

魔力コンバーターをより効率的に動かすための改修らしい。

「見た目は変わっていませんね」

「改修したのは中身とソフトだからね。外観まで変更する余裕はなかったわ」

タブレット端末を持ったアリソン博士は、俺に一通りの説明を終えると物憂げな表情をする。

そして、この実験が失敗に終わった後の俺の扱いについて教えてくれる。

「今回の実験が失敗に終われば、今度は君が地上に戻されるわ。魔力出力の向上を理由に、健康な手脚を切断する予定よ」

ある程度予想はしていた。

失敗続きであるため、どうしても結果を出そうと焦っているのだろう。

俺の手脚を偽獣の物と取り替えても、出力は上がらないと知りながらも実行するらしい。

ただ、俺は拒否出来る立場にはない。

「……了解しました」

受け入れた俺を、アリソン博士は潤んだ瞳で睨み付けてくる。

以前に隼瀬中尉に睨まれた時とは違い、まったく怖さを感じなかった。

まだ十代だというのに、隼瀬中尉の眼力には今思い出しても驚きだ。

地上にも同じような目を持つ兵士たちはいたが、ほとんど全員が猛者たちだった。

アリソン博士は俺の態度が気に入らないらしい。

「手術が無事に終わると思っているの？　今のあなたでも成功率は高くないのよ。最悪、死ぬか二度と起き上がれなくなるわ。それでも受けると言うの？」

「受けます。それが志願した自分の義務ですから」

「……そう。どこまでも命令に忠実なのね。本当に都合のいい兵士だわ」

アリソン博士の嫌みにも聞くべき部分はある。

だが、今回は俺としても少しばかり自信があった。

いや、自信ではないな。

「今回で駄目ならば諦めも付きます」

コックピットに入るため、用意されたはしごを登るとアリソン博士が俺を訝しんでいた。

「今日は随分と余裕があるようね。私たちがいない間に、何かあったのかしら？」

「ええ、思いも寄らない人からアドバイスを頂きました」

アリソン博士は首を傾げていたが、相手を確認する時間もないのか持ち場に戻って行く。

「今回は成功して欲しいものね」

前回ルイーズの助言で失敗したため、今回も期待薄と諦めているようだ。

コックピットに滑り込み、俺は一度深呼吸で呼吸を整える。

「前を向いて一歩一歩進め……今はそれだけでいい」

母から教わった言葉を思い出して呟き、今の自分に当てはめる。

今は目の前の問題に立ち向かうだけでいい。

やれることをやる……それで失敗したならば、その時はその時だ。

「もう終わった命だ。今更惜しくはない。ただ……戦乙女のように飛べるのなら俺は……」

操縦桿を静かに強く握りしめると、モニターにスミス博士の顔が表示された。

『それでは始めようか。準備はいいかな、エンヴィー？』

「はい。いつでも構いません」

『それではテスト開始だ。魔力の出力を開始してくれ。あぁ、それと気負わないようにね。失敗しても手術とリハビリを受けるだけさ』

「……了解です」

俺にとっては命懸けになるのだが、スミス博士にしてみれば大した問題ではないらしい。

温和で優しそうに見せながら、同時に残酷な一面を覗かせてくる。

本人は残酷とも意識していないだろうが、スミス博士のような人間がいなければ俺にはこんなチャンスが巡ってくることもなかったはずだ。

テストが開始されると、モニターに魔力出力が数字として表示された。

出力はゼロを示しているが、操縦桿に魔力を流し込むと数字が上昇していく。

数字は実験失敗を意味する赤で表示されていた。

通信機越しにアリソン博士と開発チームメンバーの会話が聞こえてくる。

『前回とあまり変化がないわね』

『……いえ、前回よりも僅かですが出力が上がっていますね』

今も数値は上がり続けていた。

アリソン博士が何やら違和感を抱いたらしい。
『数値の上昇が止まらない？　計測器に異常は？』
『何度も調べたので万全ですよ』
モニターに表示される数字は上がり続けている。
コックピットの中、俺は隼瀬中尉の言葉を思い出していた。
自分の中にある素直な感情と向き合う。
戦乙女が羨ましく、戦場の空で彼女たちを探して眺めていた自分と。
自由に空を飛び回り、偽獣たちを屠(ほふ)っていく力が俺も欲しかった。
嘘偽りのない気持ちと向き合うと、魔力は応えてくれるらしい。
「今にして思えば、エンヴィーは俺に相応しいコールサインだったな」
戦乙女への嫉妬を抱いた自分を受け入れると、なおも魔力出力は上昇して行く。
体に移植した手脚と臓器から魔力があふれ出す感覚があり、高揚感に包まれていく。
「これが魔力を引き出す感覚！　この力さえあれば俺は――」
――興奮しているのか心の声が漏れてしまった。
だが、その先を言う前に正気を取り戻してしまった。
同時に、自分が何を口走ろうとしたのか忘れてしまった。
思い出せないというよりも、何を口走ろうとしたのか自分にもわからない、といった方気がする。

が正しいだろうか？

これで偽獣とまともに戦えるという喜びはあったが、偽獣を倒せるというものではない気がする。

俺は何を口走ろうとした？

考えている間に合格ラインである十パーセントを超えると、スミス博士が興奮からカメラに顔を近付けたのだろう。

表示された枠いっぱいに、スミス博士の顔が映っている。

『到達した！　魔力出力は十五パーセントを維持している。エンヴィーの魔力出力が目標を大幅に上回ったよ。これで計画は次の段階に進めるぞ！』

無邪気に喜ぶスミス博士は、まるで子供のようにはしゃいでいた。

操縦桿を握りしめる俺も、この結果には少し驚いている。

魔力出力十パーセントを目指して、あれだけ苦労して血反吐や血尿を出したのにアッサリと目標を達成してしまったからだ。

『魔力出力も安定している。これで魔力による力場で機体を守れる！　余剰エネルギーを浮力に回せば、人型兵器でありながら戦闘機並みの速度と機動も可能だ。実戦テストへの投入も近いぞ！』

興奮するスミス博士を諫めるのは、この結果に驚きつつも平静を装うアリソン博士だった。

『……武装に回すエネルギーが不足していますよ。実戦テストは早計です』

『あぁ、ちょっと急ぎすぎたね。でも、この結果があればプロメテウス計画に上層部は予算を割いてくれそうだね。我々の未来は明るいぞ、アリソン君』

未来は明るい、という言葉にアリソン博士は冷たい声を発する。

『明るい未来は遠ざかった気がしますけどね。……エンヴィー、実験は成功よ。魔力出力を停止して小休止に入りなさい。十五分後に再実験を行うわ』

「了解しました」

通信を切った俺は、コックピット内で深いため息を吐いて視線を上に向けた。

「……俺は何を言いかけた？」

設定していた目標を無事に達成出来た喜びの中、ほんの僅かな気掛かりが生まれた。

休憩時間中に考えて答えを出そうとしたが、すぐにアリソン博士に呼ばれて実験に戻った。

八話　予備戦力

「実験が成功したんだね。……おめでとう、蓮君」

屋上で風に銀色の髪を揺らしながら、少し悲しそうに微笑むのはルイーズだった。

夕日をバックに実験の成功を祝ってくれる彼女だが、どうにも本心から喜んではくれないらしい。

その理由も大体予想が付いていた。

「ルイーズには申し訳なく思っています。ですが、自分の場合は後ろ向きのまま魔力と向き合うのが正解だったようです」

前向きになるようアドバイスをくれたルイーズにしてみれば、隼瀬中尉の意見を優先した俺は裏切り者に等しいだろう。

だが、ルイーズは俺を責めない。

「気にしないで。蓮君にベストな方法が見つかってよかったと思っているから。それでも……私は蓮君には前向きになってほしいかな?」

「どうしてでありますか?」

今の自分を受け入れて成功したのに、ここから以前の方法を試すのは計画の後退に繋がる。

俺としては許容したくない提案だったが、ルイーズにも考えがあるらしい。

「自分を受け入れるのはいいよ。けど、だからってネガティブな感情は駄目だよ。いつか、蓮君が悪い方に転んでいくんじゃないかって心配なの」

「問題ありません。計画は順調ですし、今までの遅れも取り戻すために開発チームのメンバーも不眠不休で作業を行っていますから」

「それでも……心配だよ」

俯いてスカートの裾を握りしめるルイーズが、顔を上げて俺を見つめてくる。

「蓮君、一つ聞いてもいいかな？」

「答えられる内容であれば」

「蓮君のネガティブな感情って何？　何が蓮君に魔力を使わせたの？」

俺を見るルイーズの目は真剣そのものだった。

答えていいものだろうか？

協力者であるルイーズに実験内容の一部開示は許可されたが、俺自身については基準が曖昧だ。

しかし、魔力に関わる分野では俺たちよりも、彼女たち戦乙女の方が詳しい。

今後のためにもルイーズには本心を伝える。

「……嫉妬です」

「嫉妬？」

首を傾げるルイーズに、俺は顔を逸らして夕日を眺めながら語る。

「自分は歩兵の頃に、戦場の空で戦乙女をよく見上げていました。同じ小隊の仲間からはからかわれたものですが、自然と視線が追いかけていました」

俺の話を聞き入るルイーズは、いつの間にか無表情になっていた。

「それって憧れじゃないの？」

憧れと言えば聞こえはいいかもしれないが、俺自身が一番理解している。

俺が抱いた感情は紛れもなく嫉妬である、と。

「いえ、違います」

「……違うんだ」

視線だけを動かしルイーズの表情を見たが、僅かに落胆したように見えた。

ルイーズはすぐに表情を改めると、微笑みを浮かべて両手を後ろに回して組む。

「でも、いつかは前向きな感情で魔力を扱ってほしいかな。隼瀬さんも何か企んでいるみたいだし、私は蓮君が利用されないか心配だから」

隼瀬中尉を警戒するルイーズに、俺は少し前から抱いていた疑問を投げかける。

「その隼瀬中尉の件で幾つか質問があります」

「ん？　何かな？」

　体を少し斜めにする仕草をしたルイーズを見ながら、俺は隼瀬中尉の人となりを思い浮かべていた。

「隼瀬中尉は本当に危険な方なのでしょうか？　以前に話をしましたが、ルイーズから聞いた印象とは少し違っていました」

　俺に助言をくれた隼瀬中尉は、ルイーズが言うように計画を阻止するため行動しているようには感じられなかった。

　むしろ、俺にはもっと別の――。

「確かに隼瀬さんに対して、私の見る目は厳しいかもね。ごめんね。前に色々とあって、やっぱり偏見があるかも」

　ルイーズは自分の意見が偏っていたと認めるも、俺に忠告してくれる。

「でもね……隼瀬さんに気を付けた方がいいのは事実だよ。何を考えて蓮君に近付いたのか知らないけど、彼女も計画に反対している立場は変わらないから」

「それは、確かにそうですが」

　隼瀬中尉もプロメテウス計画に対して反対の立場だった。

　助言をしてくれたのは、俺に対しては不満がないからだ、とも。

俺の左隣に来るルイーズは、夕日を眺めつつ隼瀬中尉を警戒するよう念を押してくる。

「今回の助言も成功したからいいけど、長期的に見れば私はマイナスだと思っているの。短期的な成功を急ぎすぎているからね」

「……」

計画継続のためには、その短期的な方法が一番ありがたかった……とはルイーズの前で言えなかった。

計画が廃止される手前だった事実は、ルイーズに教えられないからだ。

「気を付けてね、蓮君。隼瀬さんが助言をしたのは、もしかしたら蓮君と親しくなって情報を聞き出すためかもしれないよ」

隼瀬中尉が俺に接近し、スパイの真似事をする？　あり得ないと首を横に振った。

「エースである隼瀬中尉が、そんな真似をするとは思えません」

「甘い！　甘いよ、蓮君！」

「え？」

急にルイーズが顔を近付けて、俺の認識が間違っていると強く抗議してくる。

「その程度はこの学園で日常茶飯事だよ。それくらい普通なの」

「ふ、普通でありますか!?」

相手に親切にして近付き、目的を達成する方法があるとは知っている。

だが、それが日常茶飯事という学園は異質すぎないだろうか？

「戦乙女がスパイをするとは思えないのですが？」

素直に疑問を投げかけると、ルイーズは腕を組んで何も知らない俺に教えてくれる。

「そもそも、私たちは編入するまで中等部の頃からずっと競い合ってきたライバル同士だからね。少しでも有利に立ち回れるようになるなら、騙し合いだって平気でするんだよ。そんな環境で育ってきた隼瀬さんが、同じようなことが出来ないと思うの？」

過酷な競争環境にいるため、常日頃からライバルを蹴落とそうと磨かれた技術だろうか？

戦乙女が通っている学園のイメージが、俺の中でガラガラと崩れていく。

「学園はもっと正々堂々とした場所だと思っていました」

「蓮君は甘いね。そんな調子だと、女の子に簡単に騙されるから注意しなよ。その気にさせる態度で近付いて来る子は特に気を付けてね。裏で何を考えているかわからないから」

「は、はい」

ルイーズの言葉を聞いて思い出すのは、ＭＣとヘアセットの言葉である。

二人は女性と遊ぶのが好きなのだが、何度も痛い目に遭ってきたと誇らしく話す時があった。

どうして失敗談を誇らしく語るのか理解に苦しんだものだ。

曰く「女性は嘘が得意だから気を付けろ」と。

そういえば、二人とも俺が女性に騙されないか心配してくれていたな。

冗談半分で「女性と遊びたいなら俺たちに声をかけろよ。その時は一緒に遊ぼうぜ！」

と誘ってくれたものだ。

懐かしさや寂しさと同時に女性に気を付けろ、という忠告を思い出した。

「……自分は知らないことばかりで情けなくなります」

本音を吐露すると、ルイーズはクスクスと笑っていた。

「私はそういう蓮君のこと、嫌いじゃないけどね」

「気を遣って頂きありがとうございます」

礼を言うと、ルイーズは少し呆れた顔をしてから微笑んだ。

「そういう意味じゃないんだけどな〜……って!?」

和やかな雰囲気が漂い始めたが、この空気を破壊したのは学園校舎に響き渡るサイレンだった。

「この音は？」

聞き慣れないサイレン音に周囲を見渡すと、ルイーズがわざわざ俺の左腕を掴んだ。

「スクランブルだよ！　五組の私たちも、すぐに教室に行かないと！」

ルイーズに引っ張られて屋上から五組の教室を目指す俺は、握られた左手を見ていた。

「五組は予備戦力と聞いていましたが？」

駆け足で階段を下りつつ、質問する俺にルイーズは慌ただしく答える。

「戦力外の私たちだけど、今回は三組がスクランブル待機組だから数の不足を補うために出撃要請がかかるの」

三組が戦力の立て直し中であり、戦乙女の数が一番少ないとは以前聞いた。

戦力不足を補うために頼るのが、まさか五組だとは思わなかった。

「他のクラスから増援は望めないのですか？」

「二組は待機明けで休暇中だし、他のクラスも訓練と通常任務で基本出撃しないわ。発生したゲートの規模が大きければ話は別だけど、今回は通常出撃だと思う」

サイレンやその後の放送で、今回は通常出撃であるとルイーズは判断したらしい。

四クラスのローテーションが組まれており、滅多なことで変更は行わないようだ。

五組がある階に辿り着くと、ルイーズが俺の前を走る。

「それにね、こういう時は私たちにとっても実力を示すチャンスだからね」

五組の教室にやって来ると、既に半数以上の女子生徒たちが集まっていた。

俺たちの後からも続々と集まってくるが、全員が緊張した様子である。

七割ほどの女子生徒が集まると、教官が入室してきた。

全員が起立して敬礼を行うと、教官は教室を見回して少し不快そうに鼻を鳴らした。

「七割か。まずまずだ」

遅れてやって来る女子生徒たちが、教室に飛び込んでくると教官を見て青ざめる。

「す、すみませんでした！」

謝る彼女たちに、教官の態度は冷たい。

「遅れた者は出撃候補から外す。さて、知っての通り、今回のスクランブル担当はブーツキャットの三組だ。戦力不足の彼女たちから予備選力の投入を依頼されたわけだが……」

教官が緊張する女子生徒たちに視線を巡らせ、タブレット端末を見ながら名前を挙げていく。

成績上位者と、教官が目をかけている女子生徒たちの名前が呼ばれていた。

「……最後、ルイーズ・デュラン。以上だ。名前を呼ばれた生徒は着替えて輸送機に迎え。バトルドレスの武装確認を済ませておけよ」

教官は伝え終わると教室を急いで出て行く。

残った女子生徒たちの反応は様々だ。

名を呼ばれなかった女子生徒や、遅れてきた女子生徒たちが悔やんでいる。

「次こそは呼ばれると思ったのに！」

「こっちは寮からダッシュで戻ってきたのに、間に合わないから駄目って酷くない!?」

彼女たちがチャンスを逃したと後悔する一方で、名を呼ばれた女子生徒たちは大半が歓喜していた。

「よっしゃぁぁぁ！　今回で活躍して五組から脱出してやるぜ！」

荒々しい言葉遣いをする女子生徒は、今回の出撃で他のクラスにスカウトされる未来を想像しているらしい。

「うぅぅう、私は初陣だから気が重いよぉぉぉ」

もう一人の大人しそうな女子生徒は、初の実戦で恐怖心が勝っているらしい。

「落ち着きなさい。それから、気負いすぎて味方を撃たないようにね。減点されて編入の目がなくなるわよ」

落ち着いた感じの女子生徒が言うと、荒い口調の女子生徒が鼻で笑う。

「卒業間近の先輩の言葉は重みが違うよな。あんた、今回で編入されないと次なんてないんじゃないの？」

五組で三年間を過ごした女子生徒は、戦力外通告を受けて強制的に卒業が言い渡される。

そのため、落ち着きのある女子生徒には残り少ないアピールする場といった感じなのだろう。

本人もそれを理解しているようで、挑発され視線を鋭くするも何も言い返さない。

ルイーズを見ると、胸に手を当てて小さくため息を吐いていた。

「よかった。呼ばれた～。これで次のチャンスに繋がったよ」

「ルイーズなら必ず結果を出せるはずです。自分も応援しています」

そう言うと、ルイーズが恥ずかしそうに微笑んだ。

「ありがとう」

そのタイミングで俺の端末に連絡が入る。

「失礼……これは、スミス博士？」

普段連絡をくれるアリソン博士ではないのが気になり、メッセージを確認する。

ルイーズが気になっているようだ。

「どうしたの？」

「……自分にも出撃がかかりました」

未だに実験中であるサンダーボルトに、出撃命令が出されていた。

格納庫に駆け込んだ俺を待っていたのは、スミス博士だった。

「待っていたよ、エンヴィー。いや〜、大変なことになってしまってね」

近付いてくるスミス博士に、俺は敬礼を行った。

頭をかいて苦笑しているスミス博士の反応は、この場にそぐわないものだった。

異常事態というのを理解しているのか怪しい反応だが、俺よりもスミス博士の方がこの事態を正しく理解しているはずだ。

「実験中の機体を出撃させるとは予想外でした」

魔力出力実験が成功し、計画は次の段階へと移行したばかりだ。

実戦投入は早過ぎるというのが俺の意見だが、並々ならぬ事情でもあるのだろうか？

俺の疑問にスミス博士は笑みを浮かべて答える。

「実はね、学園長に機会があれば出撃させてほしい、と依頼したんだよ。まさか、こんなに早く機会が訪れるとは予想外でね」

「……原因はスミス博士でしたか」

スミス博士は、悪びれた様子も見せずに出撃する羽目になった経緯を語った。

「まさか、本当に許可を出してくれるとは思わないだろ？　でも、丁度いいから出撃させようと思ってね。だから、アリソン君たちが大急ぎでサンダーボルトの武装を用意しているところさ」

スミス博士が顔を向けた先を見ると、開発チームのメンバーがサンダーボルトに武装を取り付けていた。

アリソン博士が部下に向かって声を張り上げている。

「大型ライフルは後にして！　先に左腕にガトリングガンを装備させるわ。左肩に大型ドラムマガジンの取り付けも忘れないでよ！」

フォークリフトで運ばれて来るのは、大口径のガトリングガンだった。

ドラムマガジンも非常に大きく、左肩に専用アームで懸架するため作業が進められている。

「あれが人型兵器用の武器ですか」

俺の隣でスミス博士が眼鏡の位置を調整しながら、武装について解説してくれる。

「ガトリングガンは左腕に持たせるのではなく、取り付けるタイプだね。口径だけなら戦乙女たちが使用する物よりも大きいよ」

「……偽獣の前では大口径も意味がありません。現状、自分の魔力出力では機体の浮力と防御で手一杯ですので、武装に回せる魔力がありません」

サンダーボルトは単独でも飛行が可能だが、魔力で機体に浮力を与えることで消費する燃料や推進剤を減らすことが可能だ。

最悪、浮力に回す魔力はカットしてもいいが、装甲を守る力場をカットすることは出来ない。

実験機として用意されたのは、俺たちの目の前にあるサンダーボルト一機だけなのだ。失えばプロメテウス計画は失敗と同じだ。

スミス博士は俺の話を聞いて笑い出す。

「構わないさ。君に求めているのは戦場に出て空気を感じてもらうことだけだからね」

「……戦場の空気ですか?」

最初に抱いたのは、今更俺にどうして戦場の空気を味わわせようなどと言っているのか? という驚きと不審だった。

しかし、すぐにスミス博士は意図を話す。

「戦場でも君が魔力出力を維持出来るのか試したくてね。ほら、緊張や興奮で魔力出力が不安定になると困るだろ?」

「そういう意図でしたか。……それなら、ここまで武装を用意する必要はなかったのでは?」

気付けばサンダーボルトの両脚部には小型ミサイルコンテナが取り付けられ、右肩には大型ミサイルコンテナが取り付けられていた。

アリソン博士は汗だくになりながら作業を続け、部下たちに指示を出している。

「膝裏の短剣も忘れないで!」

サンダーボルトの今の状態を言い表すならば、それは武器庫だろう。

重装甲の機体にこれでもかと武装を積載した姿は、重すぎてまともに動けるのか心配になってくる。

「参加するだけにしては武装が多すぎませんか？」

俺の素朴な疑問に、スミス博士は肩をすくめてから答える。

「計画が次の段階に進んだと報告したら、上層部が大喜びで武装を用意してくれてね」

「期待されているのですね」

プロメテウス計画に期待されていると思えば悪くない話だ。

しかし、スミス博士が俺を見て笑っていた。

「自分は何か変なことを言いましたか？」

スミス博士は頭を横に振る。

「いや、期待されているのは君も同じだよ。膝裏の短剣だけだが、アレは君のためにわざわざ用意された物だよ」

「自分のために？」

正直な話、自分のためにそこまでする価値があるのだろうか？　という疑問が最初に浮かんだ。

スミス博士は過去の俺の戦闘データについて話し始める。

「短剣の二刀流で戦っていたんだろ？　随分と成果を上げていたみたいだね」

「歩兵だった頃の話です。人型兵器で同じように通用するかは未知数ですよ」

「それでも、君が活躍出来るように環境を整えているのさ」

俺たちが話し込んでいると、アリソン博士がキッと睨み付けてくる。

「そこの二人！　忙しいのに暇そうにしない！　特にパイロットは、さっさと着替えてコックピットで待機しなさい！」

言われて、しまったと背筋を伸ばし、敬礼を行う。

「し、失礼しました！」

九話　バディ

出撃を命令された五組の女子生徒たちが、更衣室で戦乙女のスーツに着替えていた。

短髪で気の強そうな顔をした十六歳の【鈴木　恵】は、褐色肌でスポーツが得意な子だ。

身体能力に優れ、中等部では優秀な成績を収めていた。

そのため、自分はスカウトされると信じて疑っていない女子生徒でもあった。

スポーティーな下着姿で、周囲の女子生徒たちに宣戦布告ともいえる発言をする。

「実戦で活躍すればスカウトされて編入だろ？　そんなの余裕だね。五組なんてさっさと抜け出してやるよ」

恵の発言を聞いていたのは、紺色の髪をショートボブにした【浅井　麻美】だった。

色白で細身で背の高い彼女は、十八歳で五組に在籍して三年目を迎えている。

年内に成果を出して編入されなければ卒業だ。

戦乙女候補生止まり……学園の女子生徒にすれば歯痒い結果だ。

悔いを残さないためにも五組で自己鍛錬に励んできた麻美にすれば、恵の発言は気に障る。

「本当に優秀なら、中等部を卒業する頃にスカウトされているわよ」

「万年五組の先輩に言われても腹も立たないね」

「強気の発言をするのはいいけど、そう言って五組から卒業した子は多いわ。あなたも気を付けるのね」

「……舐めるなよ。私はお前らとは違うんだよ！」

　恵がバンッ！　とロッカーを殴りつけると、それを聞いていた癖のある長い黒髪の【西谷加奈子】がビクリと肩をふるわせた。

　着替え途中で白い下着姿の加奈子は、小柄で可愛らしいが臆病でもある子だ。

「ううっ、みんな興奮していて怖いよ」

　気弱な加奈子の言葉に、周囲が鋭い視線を向ける。

　険しい視線の意味は「どうして臆病者がこの場にいるのか？」という類いのものだ。

　教官も、わざわざ加奈子を選ばなくてもいいだろうに、と。

　出撃前のピリピリした雰囲気が、更衣室に広がっていた。

　ルイーズは他の女子生徒たちを無視して、制服を脱いでピンク色の下着を晒す。

　ロッカーから取りだしたグレーを基調としたパイロットスーツは、露出が少ない構造をしている。

　首から下は覆われているが、両肩と胸元だけ肌が露出していた。

スカートのような前掛けが用意されているが、個人によっては改造が施され微妙に差異がある。

ルイーズはスタンダードなパイロットスーツを着用していた。

着替え終わるとクラウンハーフアップにした銀色の髪を解き、青いリボンでポニーテールにまとめる。

そして、一呼吸してから笑みを浮かべた。

「ほら、急がないと減点されちゃうよ。みんな、急いで、急いで！」

ルイーズの明るい声が更衣室に響くと、加奈子は安堵し、恵も麻美も言い争いを止めて着替えを急ぎ始める。

ルイーズは先に更衣室を出ると、表情はすぐに引き締まっていた。

いつでも実戦に出る気構えは出来ている、という雰囲気を出しながら口から出た言葉は正反対のものだ。

少し寂しそうにしながら、ルイーズは誰にも聞かれていないことを確認して呟く。

「……今回は出番がないといいな」

◇

戦乙女を輸送して現場に向かうのは、回転翼軸にジェットエンジンを搭載した大型の輸送機だ。

前後に主翼を持つタンデム翼機で、ジェットエンジンも四機ある。

輸送機の側面にはハッチが幾つも取り付けられており、その内部には戦乙女のバトルドレスが収納されていた。

折り畳まれ、固定された自分のバトルドレスの前には女子生徒たちが立っている。

バトルドレスを背にして向かい合う女子生徒たちの間を歩くのは、戦闘服に着替えた担任教師だ。

歩きながら女子生徒たちの顔に視線を巡らせていた。

「今回の作戦はブーツキャット大隊の援護だ。彼女たちが撃ち漏らした偽獣を掃討するのが任務だと思えばいい。基本的に砂浜で待機してもらうが、六名を前線に増援として派遣するよう要請があった。三機編制の二小隊を用意する」

女子生徒たちの目の色が変わる。

チャンスが来たと好意的に捉える者もいれば、実戦に投入されると緊張する者もいる。

担任教師は立ち止まって告げる。

「幸運にも出撃の機会を得た候補生の諸君に言っておくことがある。授業で何度も教えたが、君たちの扱うバトルドレスはしょせん訓練機だ。正式な戦乙女たちが使用するバルキリードレスとは基本性能から違う。一等級と遭遇した場合は君たちに勝ち目はない。即座に撤退しろ」

五組の女子生徒たちが使用するバトルドレスは、本物の戦乙女たちが使用するバルキリードレスと比べれば性能が劣っていた。

必要最低限の性能しか持たない訓練機である。

それでも、二等級以下を相手にするのには何の問題もない。

今回の五組の役割は、ブーツキャットが撃ち漏らした二等級の撃破だ。

地上戦力も投入されるため二等級を撃ち漏らしてしまうと、味方に甚大な被害が出てしまう。

担任教師は女子生徒たちが気を引き締めたのを確認し、詳細を説明する。

「今回出現したゲートは中規模だが、幸いにも一等級の数は少ない。敵主力はブーツキャットに任せ、君たちは自分の仕事を果たせ」

「はっ」

教室の時とは違い、この場では全員が気を引き締めて一斉に返事をした。

担任教師が小隊編制を告げる。

「第一小隊は浅井を小隊長にする。鈴木と西谷が隊員だ」

十八歳で後がない麻美が小隊長に任命されると、恵が露骨に嫌な顔をした。

加奈子の方は経験豊富な麻美が小隊長で、安堵した表情をしている。

「第二小隊は――」

第二小隊のメンバーが発表されるが、そこにルイーズの名前はなかった。

◇

偽獣の発生順序だが、最初に異界と繋がったゲートが出現する。

ゲートから偽獣たちがあふれ出て来るわけだが、一定数を吐き出すと閉じてしまう。

時に閉じない場合もあるらしいが、その場合は戦乙女たちがゲートを破壊するのがセオリーだ。

輸送機の中、サンダーボルトのコックピットで俺は静かに待機していた。

今回に限って言えば、戦場に出るのが目的で戦闘は想定しない。

わざわざ武装を用意させたのは、開発メンバーの作業員たちに非常時の訓練をさせたいとか何とか理由を付けていた。

スミス博士のことだから、可能ならば実戦で射撃訓練が行えればお得だと考えている可能性も捨てきれない。

開いたコックピットハッチから俺を覗き込んでくるのは、アリソン博士だった。

「心拍数は多少上昇したけれど安定しているわ。魔力出力も安定……さすがは歴戦の兵士さんね。多少緊張はしているようだけど」

俺の心拍数が上がっているのが気になっているらしい。

「程よい緊張は味方です」

アリソン博士は肩をすくめる。

「問題ないなら構わないわ。でも、これだけ準備をしたのに出撃しないのは残念ね。いっそ、射撃訓練だけでもさせてもらおうかしら？」

アリソン博士にしても、今回は出撃することはないと考えているようだ。

機体から離れて持ち場に戻って行くと、俺はまた一人になる。

いつでも出撃出来るように気構えだけをして待っていると、通信回線が開かれる。

『蓮君、そっちは大丈夫そう？』

「ルイーズ？　作戦中ですよ」

『蓮君も一応は五組として出撃することになるから、お仲間として回線が繋がるようになっているんだよ。みんなは、わざと回線を開かないようにしているみたいだけどね』

「そう、でしたね。自分の間違いでした」

プロメテウス計画に参加している自分だが、学園では五組にも在籍していると失念していた。

この場合、どうすればいいのかアリソン博士と打ち合わせをするべきだった。

学園側の対応も関わってくるため、話し合いの場も必要だろう。

「そちらの様子はどうですか？」

モニターの一部に作戦状況が表示されているが、現場にいなければ伝わってこない情報もある。

その場にいる兵士の言葉が聞きたかった。

ルイーズは苦笑している。

『二等級を取り合って出撃したがる子ばかりだね。ここで実績を積んで、アピールしたいからみんな必死だよ』

呆れた様子を見せるルイーズだが、俺は彼女が心配になる。

「ルイーズも出撃するべきだと思いますが？」

今後を考えれば撃破数は稼いでおくべきなのに、ルイーズは乗り気ではないらしい。

『撃破数稼ぎに夢中になるのは、戦場を甘く見ているからだよ。私はそんな風になれないよ』

苦笑を浮かべるルイーズの意見に、俺も小さく頷いて同意する。

「……そうですね。戦場ではいつも不測の事態が起きるものです」

アピールのために戦場に出ている女子生徒たちには、俺も危うさを感じた。

何事もなく終わってくれればいいと思っていたが、どうやら無理らしい。

『……第一小隊？　それ、本当？』

「どうしました、ルイーズ？」

何やら他の誰かと話を始めたルイーズは、随分と焦った様子だった。

『偽獣の増援が出現したんだけど、深追いしすぎた第一小隊が食い付かれたって』

◇

第一小隊が敵の増援に遭遇する少し前。

彼女たちは偽獣を求め飛び回っていた。

「きゃははは！　おら、ぶっ飛べ！」

大型サブアームに取り付けた大型ライフルで二等級の頭部を吹き飛ばすのは加奈子だった。

興奮してアドレナリンが大量に分泌されたのか、怯えきった性格が逆転したかのように好戦的になっていた。

恵は加奈子の活躍に舌打ちをする。

「あいつ、もう三体目をやりやがった！　このままだと俺の立場がねーだろうが！　くそっ、訓練の時は大人しかった癖に！」

恵は大型サブアームに持たせたランス型の近接武器を偽獣に突き刺し、そのまま魔力を流し込むと放電現象が発生した。

「俺の電撃は効くだろう？」

黒焦げとなった偽獣からランスを引き抜くと、偽獣はそのまま海へと落下していく。

前へ、前へと突き進む二人に声を張り上げるのは、小隊長に指名された麻美だ。

「二人とも前に出すぎないで！　指定されたエリアから出ているわ。もう、ここは最前線よ」

麻美は大型サブアームにガトリングガンを持たせ、自身は槍を握っていた。

ガトリングガンで偽獣を撃ち、突破されれば槍で突く戦闘スタイルだ。

しかし、二人のフォローに回る場面ばかりで、二等級の撃破は未だにゼロである。

加奈子が振り返って後ろ向きに飛行しながら、麻美に向かって怒鳴りつける。

「後ろに引きこもっていたら、ブーツキャットの猫共に二等級を狩り尽くされちまうだろ！　私はもっと、もっと戦いたいんだよ！」

性格が激変した加奈子には、流石の恵もドン引きしていた。

「先生がこいつを指名した理由はこれかよ。好戦的すぎるだろ」

恵にすら好戦的すぎると言われる加奈子は、素早く次の獲物を見つけて襲いかかる。

「四体目頂き！」

接近して大型サブアームの左腕に装着した大剣を突き刺し、強引に首を斬り飛ばすと麻美が上空を見上げて二人に叫ぶ。

「て、撤退！　全機撤退!!」

何事かと二人も上空を見上げると、黒い点が幾つも見えた。

上空から飛来するそれらの一つが、恵に襲いかかった。

敵の体当たりを受けた恵は、落下しながらこの状況に叫び声を上げる。

「何でこのタイミングでぇ!!」

叩き落とされるも、海面すれすれで上昇して体勢を立て直した。

辺りを見れば、既に二等級の偽獣たちに囲まれていた。

すぐに麻美がカバーに入るも、偽獣たちの数を見て顔面を蒼白にする。

「……深入りしすぎた。こんな数に囲まれるなんて」

二等級ばかりが数十体。

麻美たちを囲んで狙いを定めており、三人は敵に囲まれ容易に逃げ出せない状況に追い込まれていた。

◇

「第一小隊が敵の増援に遭遇した？　それは!?」

『二等級に第一小隊が囲まれたみたい。増援が発生した場所に近かったみたいで、警告が間に合わなかったって』

ゲート周辺はレーダーでも敵の発見が難しく、目視でもない限り発見出来ない。

そのような危険なエリアまで、第一小隊が入り込んでしまったのが問題だった。

これが正規の戦乙女たちならば対処出来たのだろうが、彼女たちは候補生で、使用しているのは訓練機だ。

敵に囲まれ孤立無援……このままでは偽獣たちになぶり殺しにされてしまう。

そう思った時だ。

あの人型偽獣に仲間が殺されていく光景が鮮明に思い出され、俺は焦燥感に駆られてしまう。

自然と声が大きくなり、自分の立場も忘れて発言してしまう。

「すぐに救助に向かいましょう！」

俺が声を張り上げると、ルイーズが驚いた顔をしていた。

『お、驚いた。蓮君がそんなに感情をむき出しにするなんて思わなかったよ』

「っ!?　し、失礼しました」

何を言っているのだと、頭を横に振って自分を落ち着ける。

今の俺はプロメテウス計画に参加するテストパイロットであり、個人の感情で出撃するなど許されない立場だ。

そもそも実験機は実戦に投入出来る段階ではない。

「冷静さを欠いていました。今の発言は忘れてください」

俺が自分の意見を引っ込めると、ルイーズは何やら考え込んでいた。

小さく頷くと、俺の意思を確認する。

『蓮君は出撃したいの？』

「……いえ、それは自分の裁量を超えた判断になります」

俺の勝手な判断で出撃など許されるはずもない。

助けたい気持ちを押し込めるように、俺は俯いて答えた。

『私は蓮君の気持ちを確認しているの！　助けたいんじゃないの？』

ルイーズの強い口調に俺はハッと顔を上げた。

「た、助けたいです」

ルイーズは大きく頷くと、そのまま五組の教官との間に回線を開いた。

モニターの一部に教官の顔が表示されると、俺の映像も届いているのか訝しんだ表情をしていた。

『何だ？　こちらは忙しい。急ぎでなければ――』

『第一小隊の救援に志願します』

ルイーズが静かに、そして力強く進言すると教官の表情が一瞬だけ強ばった。

戦乙女の候補生に過ぎず、乗っているのも訓練機のお前に何が出来るのか？　――そんな言葉を口にする時間も惜しいようだ。

二等級とはいえ、数が揃えば戦乙女候補生にとっては脅威となる。

ルイーズもそれを理解している、という前提で話が進む。

『自暴自棄や英雄願望でないのだな？』

確認してくる教官に、ルイーズはハッキリと答える。

『ブーツキャットの救助部隊が駆け付けるまでの時間を稼ぎます。もう少し戦力が加われば、救助までの時間を稼げるはずです』

教官は悩ましい表情を一瞬見せた後に、ルイーズの進言を受け入れる。

『――了解した。散らばった戦力を集結させる』

二等級撃破のために四方に散らばった戦乙女候補生たちを集結させ、それから救助に向かわせようとしていた。

ルイーズは間に合わないと判断したのだろう。

モニター越しに俺に視線を送ると、教官に進言する。

『それでは間に合いません。蓮君……実験機の出撃を要請します』

俺を出撃させろというルイーズに、教官は数秒思案した後に面倒そうに言い放つ。

『聞いていたな、一二三？　私から責任者に話を通してやる。貴様はルイーズを援護しろ』

「っ!?　了解しました！」

『まったく、役に立つかわからない実験機を出撃させて……ルイーズ、その判断が命取りにならないことを祈っている』

教官はサンダーボルトの性能に疑問を持っているらしい。

そもそも実績もない開発中の人型兵器に期待しろ、というのが無理な話だ。

ルイーズは微笑みを浮かべていた。

『私と蓮君のバディに期待していてください！』

可愛らしく敬礼をするルイーズだったが、教官の顔はすぐにモニターから消え去った。

俺はルイーズに感謝する。

「自分を信じて頂き感謝します。足手まといにならないよう、微力を尽くします」

『あははっ、別にいいよ。蓮君がどうしても出撃したそうにしていたからね。でも、ここからは戦乙女の戦場だよ。私もフォローするけど、一等級がいる戦場では手が回らないかもしれない。蓮君、本当に出撃してもいいの？』

ルイーズに問われた俺は、操縦桿を強く握り締めた。

アリソン博士に相談なく出撃を決めてしまった後悔もあるが、それよりも今は仲間を助けたいという気持ちが強い。

「自分は随分と学園に染まってしまったようです」

『それって……』

「兵士としては失格ですが、ここで出撃しなければ自分を許せそうにありません。ルイーズ、お供させて頂きます」

『あはっ！　蓮君も学園の生徒らしくなってきたね！』

陽気に微笑むルイーズは、俺の覚悟を受け入れてくれたようだ。

十話　出撃

「まったく、勝手なことをして！」

コックピットの開いたハッチから顔を覗かせるアリソン博士は、出撃を決めた俺に対して苛立ちをぶつけてくる。

「出撃させるだけの準備が整っていないのは、君も理解していたはずよね？　それなのに、何を考えているの？」

文句を言うアリソン博士だが、その手にはタブレット端末が握られており作業も並行していた。

「……機体、システム共にオールグリーンよ」

チェックが終わるとアリソン博士は小さくため息を吐き、一緒に小言も終えてしまった。

身勝手な行動をした自覚があるだけに、俺は申し訳なく思う。

「今回の件は本当に申し訳ありませんでした」

「ええ、本当に迷惑だわ」

断言するアリソン博士は、俺に遠慮する必要がないと判断したらしい。

期待を裏切ってしまったと悔やんでいると、アリソン博士が意地の悪そうな笑みを浮かべていた。

「迷惑をかけた分はデータで返すのね。……さっき、魔力出力が急上昇したわ。今現在は三十パーセントで推移しているわ」

「本当ですか!?」

驚いて顔を上げると、アリソン博士は頷きながらタブレット端末の画面を見せてくる。

「スミス博士が大騒ぎして大変だわ。これで少しは希望が持てるわね。浮力と力場の守りがあれば、データ上は二等級に後れは取らないはずよ。残念なのは武装に回す余力が少ないことだけね」

十全な魔力を確保したわけではないが、それでも三十パーセントの出力があれば移動と守りは安心出来るらしい。

「やはり武装に回す分は足りませんか？」

「本音を言えば浮力と力場の守りも足りないのよね。実戦に投入するにはギリギリの性能だというのを忘れないで。いくら威力のある武器だろうと、偽獣の前では目くらまし程度よ。バディの援護に専念しなさい」

大人しくルイーズのサポートに専念するように釘を刺された俺は、アリソン博士の説明を受けて静かに頷く。

「了解しました」

アリソン博士は俺の返事を聞くと、僅かに微笑みを浮かべた後に表情を引き締めた。

「ハッチを閉じるわよ。出撃用意！　作業員は全員、機体から離れなさい！」

アリソン博士が言うと、サンダーボルトのハッチがゆっくりと閉まった。

密着して厳重にロックがかけられると、外の音が聞こえなくなる。

更に薄暗くなったコックピット内は、モニターや計器類の明りがハッキリと見える。

大型のモニターは自分の前方に上下二枚。左右に一枚ずつ。

肉眼よりも視界は広いと聞いている。

バックモニターも取り付けられていた。

機体を本格起動させるため、スイッチを押し、切り替えていく。

オペレーターを担当するのは、スミス博士とアリソン博士だ。

『あぁぁぁ！　ついに僕たちの実験機が実戦投入だよ、アリソン君！』

『スミス博士は静かに座っていてください！　……サンダーボルト、こちらで本格起動を確認しました。作業員の退避も確認したわ。機体を起こして所定の位置に』

「機体を起こします」

確認のため声を発すれば、外部スピーカーから俺の声が周囲に聞こえる。

輸送機の格納庫で寝かされていたサンダーボルトを、固定された器具がゆっくりと起こしていく。

直立の体勢まで持っていくと、作業員たちの声が聞こえてくる。

『固定具のロック解除』

固定していた器具が外れ、サンダーボルトが格納庫内で二本の足で立つ。

『魔力出力を浮力へ変換……重量軽減を確認』

『大型ライフルのロック解除。サンダーボルト、大型ライフルの手動による装備をお願いします』

格納庫の壁に用意された大型ライフルを右手に持つ。

人型兵器の特徴ともいうべき手――マニピュレーターが、大型ライフルのグリップを掴んだ。

『サンダーボルト、出撃準備完了。いつでも出撃可能です』

気が付けば格納庫内の固定具は壁に収納され、サンダーボルトだけが立っていた。

天井に用意された出撃可能を知らせる信号機が、赤から黄色、そして青へと切り替わる。

「イグニッション」

サンダーボルトに搭載されたジェットエンジンが始動し、魔力で軽くなった機体が浮き上がる。

しかし、背面にワイヤーが取り付けられているためサンダーボルトは飛び立てない。

これは器具の取り忘れではなく、勢いを付けるための仕掛けだ。

ジェットエンジンが推力を増していくと、格納庫内には轟音が響き渡り、温度が急上昇する。

……そろそろだ。

『全員、対ショック姿勢！』

格納庫を出た作業員たちが、出撃の際に発生する揺れに備える。

耐えきれなくなったワイヤーが外れると同時に、その勢いのままサンダーボルトは輸送機から飛び出した。

「っ！」

前方からの重圧に体が操縦席に押し込まれる。

何度も飛行実験は行ってきたが、輸送機からの発進はマニュアルとシミュレーターのみの経験だったので成功して一安心だ。

「……ルイーズも来たか」

輸送機から飛び出した俺に気付いたルイーズが、こちらに接近してくる。

人型兵器の大きさは武装込みで全長が六メートルを超えるため、戦乙女のバトルドレスは小さく見えてしまう。

戦乙女のバトルドレスの構造は、人体の露出部分が多い。

人型兵器に守られている俺からすれば、不安になる姿をしていた。

だが、ルイーズの方はマッハという速度でも風圧と重圧を感じていなかった。

『それが噂の実験機？　初めて見るけど大きいね』

空を飛びながら平気で会話まで行うルイーズを見て、戦乙女がいかに規格外の存在なのかをこの場で実感させられた。

「この実験機は特に大きい部類に入ります」

『へえ～そうなんだ』

サンダーボルトの周囲を曲芸飛行のように飛び回り、ルイーズは機体の様子を確認していた。

その姿はまるでおとぎ話に登場する妖精のようだった。

目的地に近付くにつれ、ルイーズのどこか抜けたような雰囲気が消え去って行く。

サンダーボルトを眺めるのを止めると、武装をいつでも使えるようにする。

『……うん、そろそろ到着だね。全武装の使用制限を解除』

リーダーであるルイーズの判断で武装の使用が許可されると、セーフティーを解除する。

『蓮君、ここからは私もフォローするけど、どうしても駄目だったら撤退して。とにかく、自分の命を最優先に考えて行動してね』

「りょうか……ん？」

返事を言い終わる前に、俺は海面に視線を向けた。

見れば三等級と思われる偽獣たちが、上陸すべく砂浜を目指していた。

「三等級!?」

自然と武器を構えて狙いを定めると、ルイーズが制止してくる。

『何をしているの!?　三等級に構わないで！』

「いや、しかし!?」

歩兵時代に染みついた感覚が、目の前で砂浜を目指す三等級の大群を前に攻撃しろと激しく主張していた。

確認した数を砂浜まで到達させれば、歩兵部隊に被害が出ると感覚的に理解したからだ。

出撃前に歩兵部隊の配置と数を確認してしまったから、自然と頭に入っていた。

そして、今の自分には三等級を簡単に屠れるだけの装備が手元にある。

仲間を――歩兵を助けられるという思いが先行して、俺の視野を狭めていた。

間違っていると頭では理解している。

だが、心がどうにも納得しない。

過酷な地上戦で犠牲となる歩兵を一人でも多く助けられる力がありながら、それが許されない環境に歯がゆさを覚えた。

ルイーズは三等級を無視するように再度忠告してくる。

『三等級を相手に無駄弾を使っている余裕なんて、今の私たちにはないよ！　特に蓮君の機体は亜空間コンテナも持っていないじゃない！』

亜空間コンテナ――それは、戦乙女が戦闘機よりも優れている利点の一つだ。

戦乙女は亜空間に専用のパーソナルスペースを持ち、そこに武装や弾薬を保管出来る。

積載量を気にせず武器弾薬を使用可能であるため、継戦能力に優れていた。

サンダーボルトも武装をこれでもかと積み込んでいるが、亜空間に弾薬を保管するなどという機能はない。

武器庫のように武器を満載しても、戦乙女には武装面でも敵わなかった。

そう、敵わないのだが――。

「――了解、しました。ルイーズ、申し訳ありません」

俺が大人しく引き下がると、ルイーズはホッと胸をなで下ろしていた。

『ううん。蓮君の気持ちも理解するけど、今は仲間の救助が最優先だよ。ほら、そろそろ目視でも姿を確認出来る距離だよ』

モニターを見れば粒ほどの大きさの何かが確認出来る。

映像が拡大されると、偽獣たちに囲まれ、逃げ惑う戦乙女候補生たちの姿があった。

既に弾薬は底を突き、武装は壊れてろくな抵抗が出来ていない。

だが、生きている。

「生きています！　ルイーズ、彼女たちはまだ生存しています！」

間に合った、と思った時にはルイーズが動いていた。

ルイーズのバトルドレスは、中長距離を想定した銃身の長い大型ライフルを主兵装としていた。

大型のサブアームに装着しているのは、光学兵器の類いだろう。

ライフルを構えたルイーズが、素早く引き金を引く。

一度、二度……随分と距離がある中でも、ルイーズの狙撃は味方に襲いかかろうとしていた偽獣たちを貫いていた。

ルイーズの射撃の腕に、俺は目を丸くする。

シャイボーイ以上の射撃の腕であるのは間違いないし、その上で度胸もあって冷静だった。

『……この距離だと決定打に欠けるわね。距離を詰めるわ。蓮君、私の装備は近接戦に不向きだから、近付いてきた偽獣の対処をお願い』

「了解！」

ルイーズの弾丸は偽獣を貫きはしたが、撃破には至っていなかった。

やはり射程に問題があったらしく、二人して距離を詰める。

敵も俺たちが来たことに気付いたらしく、既に行動を起こしていた。

味方を囲んでいた二等級たちの一部が、こちらに向かって飛んでくる。

左腕のガトリングガンをサンダーボルトに構えさせ、俺は操縦桿のトリガーを引いた。

銃身が回転して弾丸を次々に発射していくと、コックピットにまで振動が伝わって来る。

威力を重視した武装なのは理解していたが、撃ち続けると機体の体勢が崩されるのは問題だった。

「偽獣相手なら口径はもう少し小さい方が扱いやすいか」

感想を呟いている間に、こちらに向かってくる二等級に弾丸は次々に命中していた。

しかし、力場に守られている二等級の偽獣たちには効果が薄かった。

力場を貫いて表面を削っているのは確認できたが、貫くほどの威力はない。

二等級の外殻に傷をつける程度の威力しかなかった。

弾丸が力場に衝突した際に、威力が減衰しているのが原因だろう。

「魔力不足か」

単純に武装に供給している魔力が足りていない証拠だ。

しかし、足止めとしては十分に役割を果たせたらしい。

僅かにダメージを受けて飛行速度が落ちた二等級を、ルイーズは容赦なくライフルで撃ち抜いた。

実弾が偽獣の頭部を吹き飛ばすと、偽獣は飛行速度もあってしばらく飛びながら海へと落下した。

ルイーズは味方へこちらに来るよう呼びかける。

『助けに来たわよ。急いで包囲網を突破して！』

射撃をしながら味方の退路を確保しようとしていたが、第一小隊の小隊長を任された浅井准尉は苦々しい顔をしていた。

『加奈子が被弾してうまく飛べないの！　この子、私たちの退路を確保するために無理な突撃をしたから集中攻撃を受けて！』

浅井准尉に抱き抱えられている西谷准尉は、意識を失っているようだ。

幸い、まだ生きてはいるが、敵に囲まれた状況では、浅井准尉を巻き込んで二人まとめて撃墜される可能性が高い。

鈴木准尉を見れば、出撃前の勇ましさはなりを潜めていた。

『こっちはもう武器も弾薬もないんだよ！　あいつら、後から後から増援を送り込んで来やがった！　ブーツキャットの連中は何してんだよ……』

弾薬は底を突き、武器も壊れて使用不可。

絶望的な状況に追い込まれ、精神的にも追い詰められていた。

それでも、泣き言を言いながらも西谷准尉を守ろうとしている姿は立派だった。

ルイーズが険しい表情をしている。

『――せめて二人だけでも』

西谷准尉を捨てて、浅井准尉、鈴木准尉の両名だけでも救助する方法を考えているようだ。

確かに合理的であり、この場では正しい判断だった。

ただ、ルイーズが選ぶとは思えない方法に違和感が強く残った。

ルイーズが遠距離から狙撃を行うが、敵の数が多く対処しきれない。

第一小隊も逃げ回っているが、動けない西谷准尉を抱えていては追いつかれてしまう。

徐々に偽獣たちの攻撃に晒され、本人たちを守る力場が弱まっていた。

このままでは、すぐにでも三人まとめて撃墜されてしまう。

西谷准尉を庇う浅井准尉と鈴木准尉の姿を見て、俺はあの日の光景を思い出す。

人型の偽獣に襲われ、小隊が俺を残して壊滅したあの日の光景だ。

一方的に蹂躙されたあの日の記憶は、俺の心にまで深く刻み込まれていたらしい。

「……駄目だ」

『蓮君どうしたの？　効果がなくてもいいから援護を――』

「駄目だ。やらせない。やらせるものか!!」

フットペダルを限界まで踏み込むと、サンダーボルトのジェットエンジンが急加速する。

重圧でシートに体を押さえ込まれるが気にせず、俺はこの状況をどうにかする方法だけを考えていた。

「自分が囮になります！　その間に第一小隊の皆さんは撤退を！」

偽獣の群れに飛び込んだサンダーボルトは、脚部に懸架されたミサイルコンテナのハッチを開いて小型ミサイルを発射する。

両脚全てで十八発の小型ミサイルが飛び出し、偽獣たちに襲いかかった。

小型でも追尾機能を備えており、回避行動を取る偽獣にも命中して爆発を起こした。

周囲で幾つも爆発が起き、偽獣たちが炎に包まれていく。

しかし、魔力不足により大したダメージは与えられなかった。

偽獣たちの表面を少し焼いただけ。

精々足止めと目くらまし程度の効果しかない。

それでも、俺は偽獣の群れの中を飛び回る。

空になったミサイルコンテナをパージして機体を軽くすると、ルイーズの声がした。

『何をしているの!?　戻って、蓮君！』

「ここは自分一人で何とかします！　ルイーズは第一小隊の皆さんを護衛して下がって！」

攻撃された偽獣たちは、サンダーボルトに狙いを定めているようだ。

偽獣たちの外殻の隙間から見える幾つもの発光体から、ビームもどきが発射されてくる。

かつてはそれを光学兵器だと思っていたが、学園の授業で知り得た情報から「魔力により再現された攻撃方法」と判明した。

光学兵器のような速度もなければ、本物のビームでもない。

言ってしまえば魔法だ。

「くっ！」

撃ち出されたビームもどきを回避しながら飛び回る。

「ははっ！　地上で見た時は逃げる暇もなかったのに、こいつに乗れば簡単に避けられる！」

興奮して口調が荒くなってきた。

偽獣たちを引き付けることに成功した俺を見て、あの場で合理的な判断を下せるルイーズは予想通りに行動してくれた。

『必ず戻ってくるから！　それまで無事でいてね、蓮君！』

泣きそうな顔をしながら俺の無事を願う彼女を見て、俺は口元を緩めた。

「……了解しました」

十一話 歩兵の心得

無事にルイーズたちが撤退する時間を稼いだわけだが、囮となった俺の方は負担が限界を迎えようとしていた。

「数が多すぎる。二十体？　いや、もう三十体か？」

どこから集まってくるのか、二等級の偽獣が三十体も集まってサンダーボルトを追い回していた。

逃げ惑うサンダーボルトのコックピット内にて、俺は計器類を確認する。

「残弾数は問題ない。エネルギーは少し心許ない……推進剤は明らかに足りないか」

全力で飛び回っているわけだが、使用しているジェットエンジンの推進剤は残り僅かだ。

このままでは逃げることすら出来ずに、囲まれて撃墜されるだろう。

「っ！」

偽獣のビームもどきがサンダーボルトの脚部を掠めた。

幸いなことに魔力による力場でダメージは軽減されたが、俺の魔力が少ないために装甲表面が熱されて赤く染まっていた。

溶解まではいかないが、集中攻撃を浴びるのは危険だ。

「これが力場の守りか……これが歩兵時代にあれば、どれだけの兵士の命が救われた……こと……か」

想起したのは過酷な地上戦での思い出だ。

三等級の偽獣たちですらあの頃は脅威だった。

捕まればまず助からず、攻撃が掠めただけでも重傷を負うことが日常だった。

だから、歩兵に教え込まれるのは徹底した回避だ。

敵の攻撃を受け止めようなどと考えず、避けて攻撃を叩き込むことを重点的に教えられた。

数の勝る偽獣相手には、そもそも焼け石に水と言える戦法だった。

やらないよりはマシ、という程度だ。

俺は歩兵時代の戦い方を思い出すと、コックピット内のスイッチに手を伸ばす。

魔力コンバーターのエネルギー供給スイッチだ。

「そうだ。自分は……俺は！」

装甲を守る力場を発生させているスイッチを切り替え、魔力の供給をカットした。

本来防御に回すはずの魔力が、浮力と武装へそれぞれ流れていく。

機体が更に軽くなると、サンダーボルトは速度を上げていく。

「そうだ。これでいい。元から防御なんて捨ててしまえばいい。……俺はずっと地上でそうしてきた」

敵の攻撃を受ければ致命傷という環境にいたが、今の俺が乗っている人型兵器のサンダーボルトは見た目に反して敵の攻撃を回避するのが得意だった。

重装甲、重武装と重そうな見た目で、敵のビームもどきを回避していく。

「地上で走り回っていた頃に比べれば、この程度は何の問題もない！」

魔力が武装に供給されているのを確認しつつ、左腕のガトリングガンを構えて操縦桿のトリガーを引いた。

こちらを追いかけ回していた偽獣に向かって弾丸をばらまいたのだが、最初の時よりも確実にダメージを与えている。

力場を魔力で打ち消して弾丸が偽獣の外殻に到達し、傷をつけているのがモニター越しに確認出来た。

もっとも、ルイーズたちほどの威力は確認出来ない。

俺の魔力が元から不足しており、防御に回す分をカットしても足りないだけだ。

今はそれでも十分だった。

「問題ない。この程度なら地上戦よりも効果を実感できる」

地上で機関銃を使用していた頃よりも、今の方が体感として効果があるように見えた。

「これだけの効果があれば十分に戦える」

囮として逃げ続けるのを止めた俺は、推進剤に注意を払いながらガトリングガンで偽獣を攻撃し続け一体を撃破した。

絶え間ない攻撃に晒され力場を維持できなかった偽獣は、体中を撃ち抜かれて海に落下していった。

残弾数を確認しながら、戦い方を組み上げていく。

「一体を倒すにしては弾薬の消費が激しい。ガトリングガンのみで対処するのは悪手だな」

続いての偽獣には右腕に持たせた大型ライフルの銃口を向けた。

砲身を短くしたために反動が大きく、照準器がありながら狙撃に向かないという大型ライフルだ。

「威力重視で命中精度が低いなら——近付けば問題ない！」

サンダーボルトが引き金を引くと、コックピット内まで大きく揺れた。

威力を突き詰めた一撃が偽獣に命中するも、やはり魔力不足により決定打にはならなかった。

それでも、表面を吹き飛ばす威力はあったらしい。

空中で体勢を崩した偽獣に、二発目、三発目と撃ち込んでいく。

三発目にして撃破して落下していくのを確認した俺は、大型ライフルの扱いも戦い方に組み込んでいく。

「問題はミサイルか……」

武装に回す魔力量が増えたおかげで、ミサイルの扱いが変わってきた。

右肩に懸架された大型ミサイルコンテナだが、貫通力と爆発力に優れていた。

現時点ではサンダーボルトの最大火力である。

ガトリングガンで偽獣を牽制しつつ、狙いやすい敵を見つけてロックオンする。

大型ミサイルのコンテナから一発のミサイルが発射されると、小型ミサイルよりも速い速度で偽獣に向かっていく。

ミサイルが命中すると、二等級の偽獣を少し押し飛ばしてそのまま大きな爆発を起こした。

爆発すると炎と黒い煙が発生するのだが、その際に僅かにキラキラと何かが光ったように見えたのは気のせいではない。

黒い煙から海面に向けて落下するのは、息絶えた偽獣だった。

魔力不足であるのは変わりがないが、力場を魔力で貫いた後にミサイルの火力で二等級を強引に撃破したように見えた。

「マルチロックは考えない方がいいな」

一撃必殺とも言える威力を持つのは大型ミサイルコンテナだけだが、一発発射しただけで魔力量が大きく減衰していた。

連続して使えればいいのだろうが、少ない魔力をやりくりしている現状では贅沢も言っていられない。

「……地上戦を思えばこれでも十分すぎる」

ただ、俺の中では今のままでも十分に勝ち目が見えていた。

偽獣たちを前にサンダーボルトを突撃させる。

「今度はこちらが狩る番だ！」

ルイーズが第一小隊を連れて簡易基地を目指していると、その途中の砂浜で三等級を相手に歩兵たちが激しい戦闘を繰り広げていた。

蓮の予想通り、地上では歩兵に随分と被害が出ている。

「蓮君の予想通りだったたね」

ルイーズが三人を連れて簡易基地に到着すると、担任教師が駆け足で近付いてくる。

「三名とも無事か？」

ルイーズはバトルドレスを着用したまま敬礼を行う。

「はい。ですが、蓮君が囮として戦場に残っています」

苦々しい顔をするルイーズに、担任教師は戻ってきた三名を見て安堵した表情を見せた。

しかし、蓮には仲間意識を持っていないらしい。

「実験機程度の犠牲で、お前たち候補生が守れたなら安い損失だ」

プロメテウス計画には莫大な予算が組まれているが、この場で担任教師が言う安い損失とは単純に金額の問題ではない。

成功するかも怪しい計画など、さっさと廃止されればいいと考えての発言だろう。

言い換えれば、戦乙女こそ価値があると語っているようなものだ。

ルイーズは担任教師に進言する。

「私を救助に向かわせてください！」

しかし、担任教師の反応は冷たい。

「駄目だ」

「何故ですか!?」

「……お前たちが戻るまでに、二等級の大量発生を確認した。ブーツキャットが対処しているが、間に合わないため予備戦力もこの場の護衛を残して全て投入済みだ」

助けに向かうだけの戦力が残っていないと告げられ、ルイーズが項垂れる。

「そんな……」

担任教師はルイーズが落ち込んでいると思ったのか、肩に手を置いて優しい口調で語りかける。

「救助ご苦労だった。お前は少し休憩を挟んで待機だ」

「……了解、しました」

（蓮君……君はまだ無事でいるのかな？　でも、あの状況から一人で生き残るなんて絶対に無理だよ）

◇

二等級の群れの中、俺は空中戦というものを学んでいく。

地上戦とは勝手が違いすぎるが、考えようによってはやることとは変わらない。

やるべきは単純だ。――偽獣を倒す、これに尽きる。

「次はお前だ」

偽獣を追い回してガトリングガンで攻撃を加え、外殻の一箇所に傷やら割れやらを発生させたのを確認してから大型ライフルに切り替える。

外さない距離まで接近して大型ライフルを発砲すれば、偽獣の弱った部分は耐えきれずに弾丸に貫かれて息絶えた。

ガトリングガンで牽制、あるいは偽獣の一箇所に弱点を作る。

止めは大型ライフルの一撃だ。

大型ライフルの弾数がゼロになったので、弾倉を交換する。

「これで弾薬は終わりか」

もう換えの弾倉は残っておらず、ガトリングガンにしても大型ドラムマガジンの中身は残り僅かとなっていた。

魔力供給は三十パーセントで安定しているが、機体のエネルギーと推進剤は別だ。

エネルギーはともかく、推進剤は心許ない。

「こうなると最初に無駄に推進剤を消費したのが悔やまれるな」

コックピット内で汗だくになりながらも、俺は自分のやるべき事を優先していく。

偽獣たちのビームもどきや、鋭い爪などを最小限の動きで回避しつつ攻撃を行っていく。

最後のミサイルを発射すると同時に、大型ミサイルコンテナもパージした。

サンダーボルトが徐々に軽くなっていくおかげで、推進剤の消費量も減ったのが助かっていた。

ガトリングガンで偽獣を削り、大型ライフルで止めを刺す。

言ってしまえばこれを繰り返すだけだ。

だが、空中という戦場と、普段戦い慣れていない二等級の偽獣が神経をすり減らしてくる。

気が付けばガトリングガンもパージして放り投げ、大型ライフルが三発だけという状況になっていた。

「弾薬は残り三発だけ……残った武器は」

機体をチェックして武装を確認すると、今の魔力出力で通用するとは思えない物が候補として表示される。

そもそも他が残っていない状況だから仕方がないが、まさかこの状況でも頼ることになるとは思わなかった。

刃に魔力を供給して偽獣を貫く近接武器――言ってしまえば短剣だ。

ナイフよりも刃が長いのが特徴だろうか?

スミス博士が、わざわざ俺のために用意されたと言っていた。

まさか、本当に使用することになるとは思わなかった。

周囲を見れば偽獣はまだ残っていた。

「振り切って逃げ切るだけの推進剤もない、か……通用するか試させてもらう」

サンダーボルトの左手で、膝裏から短剣を引き抜く。

爪を立てて襲いかかってくる偽獣に対して、左腕で短剣を振るって傷をつけるとすぐさま大型ライフルを向けた。

引き金を引けば傷口を貫き偽獣を撃破する。

「……悪くない」

すぐさま別の偽獣に狙いを付けると、襲いかかって短剣を突き立て、素早く引き抜いて蹴り飛ばす。

適度な距離を作ったところで、傷口に大型ライフルの銃口を押し当てて引き金を引いて止めを刺した。

その際に違和感を抱いたのは、短剣の刃の長さと切り口だ。

明らかに傷口が刃の長さに合っていない。

より深く、広く偽獣に傷をつけていた。

「これも魔力の力場による恩恵か？　それならやり方は幾らでもあるな……」

二等級が相手ならば人型兵器の短剣だろうと表面に傷をつける程度と考えていたが、より深く斬り裂けるならば他の使い道がある。

後ろから襲いかかって来た偽獣に、振り返り様に大型ライフルを向けて射撃を行った。

吹き飛ばされた偽獣に向かって距離を詰め、左手に持った短剣で急所と思われる頭部を切断する。

だが、思っていたよりも深く斬れなかったらしい。

偽獣は暴れ回りながら海へ降下していくが、まだ息はあった。

「斬り方か？　それとも力場の阻害か？」

大型ライフルを放り投げ、サンダーボルトの右手にも膝裏から短剣を引き抜かせた。

二刀流のスタイルは随分と久しぶりに感じられる。

「人型兵器での近接武器の扱いは考慮する必要性あり。切り口から威力にばらつきを確認……おそらく原因は……」

コックピット内でブツブツと呟いていると、偽獣たちが集まってきた。

サンダーボルトに襲いかかってくる偽獣を見つつ、一体ずつ対処する。

人型兵器の手首は人間よりも可動範囲が広い、というか回転するため逆手に持たなくてもいいのは利点だろう。

近付いてきた偽獣を斬り付け、その様子から傷口の深さが違う理由を考察する。

原因を突き止めるまで斬り刻み、息絶えたらば次の目標で試す。

「銃火器よりも近接武器の効果あり……スミス博士は喜ぶかもしれないが、アリソン博士は頭を抱えるだろうな」

六体目の偽獣の頭部を斬り飛ばした際に、俺はようやく傷口の深さが違う理由に気が付いた。

「魔力供給の不安定さか？」

短剣に供給されている魔力により、刃に力場が発生している。

しかし、供給される魔力が一定ではないらしい。

そのため傷口の深さが安定していないようだ。

原因を突き止めたが、今すぐに改善は難しい。だが問題はない。

むしろ、不安定であってもこの場では十分に頼りになる。

「――皮肉だな。力場が扱えるようになると、どれだけ威力を高めた銃火器よりも、使い慣れたこちらの方が頼りになるんだからな！」

短剣で偽獣の頭部を刺し貫いた。

短剣二本を構えた俺は、今度は偽獣に襲いかかる。

斬り刻んだ時に偽獣の急所も大体判明した。

急所を貫かれた偽獣は、二等級だというのに呆気なく落下して海に沈んでいく。

「お前たちの弱点も攻撃方法も把握した。……後は処理するだけだ」

無駄な動きを排除して短剣で偽獣たちを処理していく。

首を刎ね、急所を突き、攻撃が来れば避ける。

偽獣が嫌がるような行動を心掛け、最低限の動きで処理して回った。

偽獣にサンダーボルトが覆い被さり、短剣を突き立てた。

「残り一体」

偽獣を蹴り飛ばすように短剣を引き抜くと、最後の偽獣がこちらに向かって突撃してくる。

ビームもどきを連射しながら、その鋭い爪でサンダーボルトを斬り刻もうとしていた。対して、サンダーボルトは限界が迫っていた。

機体各所は無理な戦闘機動を繰り返したせいで悲鳴を上げているし、何よりも短剣の状態もよろしくない。

刃が欠けて、ひびが入っていた。

「……すれ違い様に仕留める」

有利な位置取りをして斬りかかるには、推進剤が足りない。

向かってくる偽獣の攻撃を回避しながら、短剣を構えさせて接近するのを待つ。

ビームもどきがサンダーボルトを掠めると、装甲を溶解させていく。

サンダーボルトの分厚い装甲が、ビームもどきの前では簡単に溶かされていた。

それでも掠める程度に留めていたので、偽獣はサンダーボルトに止めを刺すべく接近してくる。

鋭い爪を突き立てて、サンダーボルトを鷲掴みにすると、分厚い装甲は簡単に貫かれて偽獣に拘束されてしまった。

「必ず止めを刺しに来ると思っていた」

そのままサンダーボルトを握り潰そうとする偽獣に対して、短剣を振り抜いて両脚を切断する。

脚を失った偽獣が悶えているが、左手の短剣は折れて使い物にならなくなった。

残る右手の短剣を頭部に突き立て、そのままひねりを加えると――もう一つの短剣も刃が折れてしまう。

これでサンダーボルトの武器は喪失し、攻撃手段はなくなってしまった。

だが、最後の偽獣も傷口から体液を噴出すると、ゆっくりと落下していく。

「周囲に偽獣の存在を確認出来ず……敵の殲滅を確認」

海に落ちた偽獣を見下ろしながら、俺は乱れた呼吸を整える。

気が付けば随分と体力を消耗していた。

汗だくでパイロットスーツが濡れて肌に張り付く。

コックピット内は警報が鳴り響いていた。

推進剤の残量が少ないという知らせから、酷使した両腕の異常も酷い。

マニピュレーターの関節は悲鳴を上げ、肘など様々な箇所が駄目になっていた。

動くには動くが、両腕は修理するよりも交換する方が早いだろう。

「戻ったらアリソン博士に叱られてしまいそうだな」

武装は放り投げたので海の底に沈んだ。

回収は難しく、更には両腕以外にも問題が発生した箇所がある。

無理な戦闘機動を繰り返したために、内部の方まで酷くなっていた。

動くだけで精一杯の状態で、自力での帰還は諦めた。

大人しく救難信号を出して、海に落下した時の対処法を準備する。

「……っ」

魔力を長時間放出したせいなのか、俺はこれまで経験してこなかった独特の気持ち悪さも感じていた。

ただ、それよりも喜びの方が勝っていた。

操縦桿を手放して自分の右手の平を見つめ、そのまま握りしめる。

「戦える。俺はまだ戦える……」

二等級を相手に勝利を収めた事実が、何よりも俺には嬉しかった。

歩兵の頃には敵わなかった相手が、今の俺には倒せた。

不意に元小隊の仲間たちの顔が思い浮かんだ。

「……みんな、俺は……」

その時だった。

味方機の反応をレーダーがキャッチしたと同時に、モニターにルイーズの顔が表示された。

『迎えに来たよ、蓮君』

微笑みを浮かべていたルイーズだったが、俺は目を見開く。

「ルイーズ？」

表示されているルイーズが、ライフルを構えていた。

『オールヴォワール、偽獣もどきの糞野郎』

ルイーズのまとうバトルドレスの大型ライフルから、魔力の込められたビームが発射されてサンダーボルトのモニターが光で白く染まった。

十二話　存在意義

『オールヴォワール、偽獣もどきの糞野郎』

ルイーズの口から発せられたとは思えない台詞を聞きながら、俺はフットペダルを踏み込み魔力コンバーターのスイッチを操作した。

武装に流れていた魔力をカットして、機体防御に回す。

サンダーボルトの装甲に魔力が流れ、力場が発生すると同時に左脚部の膝関節を撃ち抜かれてしまった。

「ぐっ⁉」

衝撃と共にサンダーボルトの左脚部は、関節から先を消失。

機体を軽くするために左脚部をパージすると、カメラアイで捉えたルイーズは大型ライフルを構えたままだった。

通信回線も開いた状態のままであり、会話も続いている。

『……あの状態から避けるんだ。異常な反応速度も偽獣の細胞を埋め込んだおかげなのかな？　それとも強化兵士の能力？』

柔らかい雰囲気を常にまとっていたルイーズだったが、俺の目の前にいる彼女は酷く冷たい目をしていた。

言いながら二射目を発射しており、俺は強引に回避した。

偽獣と戦っていた時よりも射撃の精度が高い。

ルイーズは実力を隠していたようだ。

二射目を無事に回避しながら、俺はルイーズに問い掛ける。

「っ……やはり裏で動いていたのはあなたでしたか、ルイーズ」

俺の言葉が意外だったのか、ルイーズは片方の眉尻をピクリと反応させていた。

『気付いていたの？　世間知らずの割には案外鋭いのね』

三射目は装甲を掠めたが、力場で守られているはずなのに貫かれ溶解していた。

二等級の偽獣の放っていたビームもどきと比べれば、速度も威力も上だろう。

何より、ルイーズの射撃は正確だった。

回避しなければコックピットが撃ち抜かれていたはずだ。

ルイーズの殺意を感じながら、俺は理由を話す。

「偶然です。ここに来る前、あなたはサンダーボルトに亜空間コンテナがないと断言しました。ですが、自分はサンダーボルトに亜空間コンテナが搭載されていない、とは言っていません」

これまでに怪しい部分は幾つもあったが、決定的だったのは亜空間コンテナの件だ。

サンダーボルトに搭載されていないのは事実だが、実験機に関する情報は機密扱いだ。

それを知っているのが気になっていたが、まさか攻撃してくるとは思ってもいなかった。

『はぁ、焦って失敗したわね。三等級に固執するのを見て苛立ったのがまずかったかしら？　戻ったらベルメールに叱られてしまうわね。もっとも……あんたの殺害が手土産になるから相殺されるでしょうけどねっ！』

連続してビームが襲いかかってくると、回避するが右腕を貫かれて喪失してしまった。

「誰かの指示なのですか？」

どうしてルイーズが俺を狙うのか？　誰の指示なのか？

少しでも情報を集めようとするも、ルイーズも俺の意図に気付いたらしい。

『組織の異物が気安く私に話しかけるな』

酷く冷たい声で言い放ったルイーズは、そのまま俺に対して抱いていた感情をぶちまけてくる。

『偽獣もどきのお前と話すだけでも虫唾が走る！　プロメテウス計画の詳細を掴むために優しくしたけど、本当に嫌で仕方なかった』

ルイーズの言葉が心に突き刺さる。

「どうしてそこまでして」

『必要があったからに決まっているじゃない。世間知らずなおじさんの世話係は面倒だったけどね！』

ルイーズの感情が高まったのか、攻撃が激しさを増してくる。

『私がお前にどうして近付いたと思う？　それは、お前が組織にとって邪魔な存在だからだよ』

「プロメテウス計画は組織の上層部が――」

『まだわからないの？　あんたの存在は、社会にとって都合が悪いのよ』

「自分は男性の戦力化のために――」

『お前、まだ自分が危険な存在だって気付いていないわけ？』

ルイーズは俺に対して酷く呆れた表情をしていた。

俺が距離を取ろうとすると、ルイーズは大型ライフルを構えたまま距離を詰めてくる。

移動しながら射撃をしているというのに、狙いは正確だった。

これだけの腕を持ちながら、編入が許されず五組に在籍しているのが信じられない。

『仮にあんたが成功したとしたら、次に待っているのは何だと思う？』

ルイーズの問い掛けに、俺は答えられずにいた。

回避行動で精一杯だったのもあるが、その先を考えるのが自分でも怖かったからだ。

プロメテウス計画が成功した場合、待っているのは――。

『――戦力確保の名目で、成功率の低い手術を繰り返すでしょうね。そうなれば、どれだけの男性が死ぬことになると思う？　あんたというたった一人の成功例の再現を求めて、何千、何万の命が無駄に散っていくのよ』

「そ、それは」

　俺が言い淀むと、ルイーズは目を大きく見開いた。

『お前はこの世界にいたら駄目な存在なのよ。どうせ失敗するから情報を集めて終わろうと思っていたのに、無駄に才能を示すから！』

　ルイーズの目には俺が脅威に見えていたらしい。

「自分には才能なんてありませんよ」

　俺が否定をすれば、ルイーズは心底呆れた顔をしていた。

『まだ気付かないの？　出来損ないのガラクタに乗り込んで生き残るばかりか、多数の二等級に単独で勝利したのよ。こんな情報が世間に出回れば、あんたに憧れて夢を見た男共がこぞって危険な手術を受けるでしょうね。どれだけの死体が積み上がるか見当も付かないわ。――あんたをこのまま生かして戻すわけにはいかないのよ』

　プロメテウス計画の成功は、必ずしも社会にとって有益とは限らない。

　現状では手術の成功率は低く、また成功したとしても確実にパイロットになれるとは限らない。

俺という存在が悲劇を生み出す、とルイーズに現実を突きつけられた。

『偽獣に殺されていれば面倒も少なかったのにさ。無駄に実力を示すから、あんたは私に殺されることになったのよ』

ルイーズが俺を出撃させたのも、もしかしたら任務中に戦死させるのが目的だったのかもしれない。

優しかったルイーズが全て偽りであったという事実に、俺は精神的に少なからずショックを受けていた。

ただ、このままここでは終われない。終わりたくない。

「それでも自分は生きて計画を成功させます。それが自分の存在意義ですから」

ルイーズは俺の答えが気に入らなかったのか、激しい憎悪を感じる顔を見せた。

眉間に皺を作り、俺をモニター越しに睨み付けてくる。

『化け物の癖に一丁前に覚悟を見せるんじゃねーよ！』

本気になったのか、ルイーズのバトルドレスが大型サブアームに持たせたビーム砲を構えた。

収束されたビームではなく、拡散されて散弾銃のように広範囲を攻撃してくる。

「しまっ!?」

回避出来ずにサンダーボルトが幾つものビームに撃ち抜かれ、飛ぶことすら出来なくなって海面に打ち付けられてしまった。

叩き付けられた衝撃を感じた直後には、ルイーズのバトルドレスがサンダーボルトを踏みつけて大型ライフルをコックピットに向けていた。

『良い夢を見たでしょ？　偽獣と戦えて、こんなに可愛い私と仲良くなれたのよ。もしかして、付き合えるかも、って期待しちゃった？』

俺を見下ろすルイーズは、薄ら笑いを浮かべていた。

確かに偽獣と戦えたのは良い夢を見られた、と言える。

だが、後半は必要だろうか？

ＭＣとヘアセットならば大喜びしたかもしれないが、俺にとっては友達という関係を裏切られた方が辛い。

学園で友人ができたと思っていたのに……。

「いえ、お付き合いは考えていませんでした」

素直に答えると、ルイーズが片方の眉尻を上げた。

『今際の際に悔しがる様子も見せないなんて、本当に人形って感じがするわ』

大型ライフルの引き金を指で絞るルイーズを見ながら、俺は魔力コンバーターを操作して胸部へ魔力を注ぎ込む。

力場を発生させてコックピットを守ろうとしているのだが、ルイーズの攻撃を防げるとは思えなかった。

　コックピットがビームに貫かれようとした瞬間、今度は周囲に水柱が幾つも発生した。

　サンダーボルトが衝撃で発生した波に揺られると、ルイーズが慌てて飛び上がって周囲を確認する。

『……時間をかけすぎた』

　苦々しく言葉を絞り出したルイーズは、何かを見上げていた。

　俺の方もモニターの映像を見て、状況がより絶望的になったのを確認する。

「一等級……」

　巨大な偽獣はサンダーボルトの二倍はある大きさで、硬そうな外殻を持っていた。

　背中が丸まっているのだが、外殻で出来た背びれ棘を持っている。

　各所にも鋭い棘を持っており、攻撃的な印象を受ける。

　特徴的なのは太くたくましい両腕と、長い尻尾を持っている点だろう。

　太い両腕さえなければ、恐竜のような見た目にも見える。

　頭部にある目は六つ……一等級に分類される「バオーガ」と呼ばれている種類だ。

　外殻の隙間には目玉のような緑色の発光体があるのだが、それがギョロギョロと動くとビームもどきの発射態勢に入った。

『まずいっ!?』

ルイーズは俺の相手をしている余裕がなくなり、サンダーボルトから距離を取って回避行動に入る。

俺の方は動かない機体の中で、偽獣の強い反応を知らせるアラートを聞いていた。

「力場の強さが二等級と違いすぎる」

魔力量を計測したのだが、単純に表面を覆っている力場の強さだけでも二等級とは桁違いの数値だった。

戦場で一等級を見て生き残った兵士は少ない。

俺のように運良く生き残った場合がほとんどだ。

歩兵にすれば出くわせば死を意味する死神と同じだった。

だが、それはルイーズにしても同じらしい。

訓練機であるバトルドレスで相手にするのは困難なのだろう。

開いたままの通信回線から、ルイーズの困惑した声が聞こえてくる。

バオーガが体の各所にある緑色の発光体からビームもどきを発射すると、二等級とは速度も密度も違う高威力のエネルギーが発せられた。

ビームもどきが方向を緩やかに変化させながら、ルイーズを追いかけていく。

『訓練機で一等級の相手なんてしていられないのよ！』

追尾性能は高くなさそうだが、それでも高出力のビームもどきが追いかけてくるのは恐怖だろう。

　ルイーズは回避しながらサブアームのビーム砲を放って攻撃を行うが、バオーガの力場を貫けなかった。

『馬鹿みたいな防御力ね。本当にこの種類は相手にしたくないわ』

　バオーガの特徴はその頑強さにある。

　力場の強さは勿論だが、本体の外殻もかなりの硬度を持っていた。

　また、バオーガ自体がパワータイプである。

　その大きな両腕を振り回すだけで、大抵の物は粉砕される。

　市街地でバオーガが暴れ回る映像を訓練施設で見せられたが、建物が容易に崩れ、吹き飛ばされていた。

　抵抗する戦車をその手で掴んで簡単に握り潰していた。

　バオーガの前では戦車ですら玩具扱いだった。

　目の前の光景を見ながら、俺はこの場から生き残る方法を思案する。

　幸いなことにバオーガの狙いはルイーズであり、俺の方には意識が向いていなかった。

　コックピット内で、この場から生還する方法を探す。

「機体を捨てて脱出……駄目だ。周囲には三等級の姿もある。機体から出れば奴らの餌食か」

このままコックピットにいても、いずれバオーガに気付かれるだろう。

どうするか思案していると、レーダーに味方の反応をキャッチした。

こちらに急接近してくるため、来る方角にカメラアイを向ける。

「上か？」

上空から接近してくるのは、白と赤でカラーリングされたバルキリードレスを装着した戦乙女だった。

ルイーズが装着している物よりも一回り以上大きく、デザイン性も違っている。

サブアームに銃火器を持たせているようだが、速度を上げて近付いてくるばかりで使用する気配がまるでなかった。

「激突するつもりか!?」

どこの誰だか知らずに叫ぶと、相手との間に通信回線が開かれた。

『黙って見ていなさい』

突然現れた味方機は、そのままバオーガに突撃していく。

サブアームではなく自身の両手に台形の形をした小さな盾らしき何かを握っていた。

バオーガは新たに出現した味方機の方に強い反応を示すと、ルイーズを無視して体を向けて咆哮するような動きを見せた。

口などないのに周囲に雄叫びが響き渡り、ルイーズを狙った時よりも数の多いビームもどきが発射されて味方機に襲いかかる。

バオーガは、まるで出現した味方機を本能から恐れているように見えた。

過剰に攻撃を繰り返してビームもどきを発射している。

味方機の方はそんなビームもどきを回避しながら速度を落とさずバオーガに接近し、手に持った武器を構えていた。

小さな盾のような物から光の刃が出現すると、バオーガとすれ違い様にそれを振るう。

光の刃が延長され扇状に広がったように見えたと思ったら、味方機はバオーガを通り過ぎて数百メートル先で振り返って徐々に速度を落としていた。

『ヒーロー見参、ってね』

バオーガの方は動きを止めるが、その硬い外殻をまとった体に線が入る。

体液が流れ出て、そこからバオーガの首やら上半身やらが滑り落ちるように落下していった。

「たったの二振りで一等級を仕留めた……」

目の前の光景が信じられなかった。

目を丸くしている俺に、味方機が接近してきて声をかけてくる。

『危なかったわね。それから、今回の件は貸しにしてあげるから、後でちゃんと返しなさいよ』

モニターに映る人物は知り合いだった。

「……隼瀬中尉殿」

『機体はボロボロだけど元気そうで安心したわ。ほら、帰るわよ』

隼瀬真矢――ブーツキャットのエースである彼女が、俺たちを助けに来てくれた。

呆然としていると、ルイーズが隼瀬中尉の側に寄ってくる。

『隼瀬さん、本当にありがとう～。もう死ぬかと思ったよ～』

ルイーズは既に普段の作った顔に戻っており、先程までとは別人になっている。

人好きのするような笑顔を向けられた隼瀬中尉は、そんなルイーズにサブアームに持たせた大口径のショットガンを向けた。

銃口を向け、いつでも発砲出来るようにシェルまで装填済み。

後は引き金を引くだけの状態にしているのは、ルイーズを警戒している証拠だろう。

『それ以上近付けば撃つよ』

俺との会話の時とは違い、隼瀬中尉は冷たく言い放っていた。

ルイーズもかなり焦っているようで、視線をさまよわせている。

『え？　何？　私、怒らせるようなことをしたかな？』

『――いつまで別人を気取っているのよ？　こいつの機体を撃ち抜いたの、あんたよね？』

隼瀬中尉が視線を向けていたのは、ルイーズに貫かれたサンダーボルトの右腕だった。

ルイーズは必死に言い訳を始める。

『ち、違うよ！　それは偽獣たちだよ』

俺からすれば白々しい言い訳にしか聞こえなかった。

「隼瀬中尉殿、自分は――」

俺が状況を説明しようとすると、隼瀬中尉はブレードらしき武器を腰の後ろに持っていきマウントしてから俺に黙れというように手の平を向けてきた。

顔はルイーズに向けており、視線を外そうとしない。

『大体理解しているから何も言わなくていいわ。それからルイーズ――あんた、いい加減に猫をかぶるのを止めなさいよ。中等部の頃から、あんたの猫なで声が癇に障るのよ』

随分な言いようだが、ルイーズの本性を知った身からすれば仕方がないと思えた。

ルイーズも隠すのを諦めたのか、隼瀬中尉の前で本性をさらけ出す。

『本当に昔から勘のいい奴よね』

薄ら笑いを浮かべたルイーズに、隼瀬中尉は表情を変えずに言う。

『いい顔をするじゃない。そっちの方が断然お似合いよ』

『……ありがとう、隼瀬さん。それはそうと、そいつを譲ってくれない？』

ルイーズが俺を指さすと、隼瀬中尉が大口径ショットガンを発砲した。

ルイーズのバトルドレスの左サブアームを吹き飛ばしていた。

『動くなといったはずよ。私の質問だけに答えるのね』

ルイーズが無言になると、隼瀬中尉が質問を開始する。

『あんたにしては随分と短絡的だったわね。作戦中に標的を暗殺しようとでもしたの？　それならお粗末すぎて笑える。あれだけ徹底して周囲に猫をかぶっていたのに、こんなタイミングで動き出すんだから』

確かにルイーズの行動は短絡的すぎた。

ずっと本性を隠して周囲と付き合って来たにしては、違和感が拭いきれない。

本当であれば入念な準備を行っていてもおかしくないはずなのに、あのタイミングで仕掛けた意図は何だったのか？

ルイーズは隼瀬中尉に淡々と語り始める。

『……隼瀬さんも気付いているわよね？　そいつを生かして、万が一にでも計画が成功したらその後に待っているのは何だと思う？　男性の戦力化なんて言葉ほど生やさしいものじゃないわよ』

隼瀬中尉はルイーズの話を聞く気があるのか、黙っていた。

ルイーズは許可を得たと思い、俺の時と同じようにプロメテウス計画の問題点を指摘する。

『加瀬学園長は面白半分で受け入れたみたいだけど、こいつらの計画が成功すれば割を食うのは誰だと思う？　選択肢もない男性たちが、戦力化を理由に危険な手術を受けさせられるの。それって良いことかな？　ここで実験体を殺して、計画を阻止した方が社会のためになると思わない？』

プロメテウス計画が成功すれば、きっと組織は手脚を失った元兵士たちから志願者を募ってパイロットを用意するだろう。

手術の成功率が跳ね上がる画期的な方法が見つかればいいが、今のままでは俺と同じか、少しはマシ、程度の手術が待っているはずだ。

きっと多くの犠牲者を出してしまうのだろう。

ルイーズの言葉を聞いた隼瀬中尉は……鼻で笑っていた。

『ご大層な理由を並べているけど、あんたの言葉は薄っぺらいのよ。正直に言いなさいよ……男が力を付けると権力が奪われそうで怖い、ってさ』

隼瀬中尉の言葉は的を射ていたのか、ルイーズの表情が一変した。

『何も知らないモグラの生徒が調子に乗って！』

武器を構えようとしたルイーズに、隼瀬中尉は距離を詰めた。

一瞬で距離を詰め、先程使用したブレードで大型ライフルを切断していた。

ルイーズの残ったサブアームに関しては、隼瀬中尉の左腕サブアームがガトリングガンで破壊し、使い物にならなくする。

俺を苦しめたルイーズを、隼瀬中尉は一瞬で無力化してしまった。

攻撃手段を失ったと思われたルイーズだが、素早く腰の後ろから隠していたブレードを引き抜いた。

互いのブレードがぶつかると、二人が再び会話を始める。

隼瀬中尉はモグラと呼ばれたことで、ルイーズの所属が少しだけ絞り込めたようだ。

『うちの学園をモグラ呼びってことは、あんた他の学園の回し者よね？　何年も潜伏するなんてよくやるわ』

『引きこもりの第三学園が、今更中央の政争に口出しするんじゃない！』

『そういうの、学園長にでも言いなよ』

二人のブレードが火花を散らし、激しさを増していく。

だが、俺には隼瀬中尉が手加減しているように見えた。

ルイーズも感じ取っているのか、腹立たしく思っているらしい。

『大体、お前に関係ないだろうが！　そっちの男が死のうがどうでもいいでしょうに！』

隼瀬中尉に俺を守る理由などない。

それなのに、彼女は――満面の笑みを浮かべていた。

『――必死に生き足掻いて、ようやくチャンスを掴んだ人間を嫌いになれないのよね。むしろ、猫をかぶって近付いて、騙しているあんたに腹が立ったからさ――邪魔しちゃった』

お前が気に入らないから邪魔してやった――そう言われて、ルイーズの顔は怒りにより歪む。

『てめぇ!! そいつが生きているだけで、周りが迷惑するのよ!』

ルイーズが鋭い一撃を放つも、隼瀬中尉は簡単に弾き飛ばして両腕を上げさせた。

がら空きになった腹部を、足で蹴り飛ばした。

『かはっ……』

吹き飛ばされて海に落ちたルイーズを、隼瀬中尉は見下ろしながら言う。

『あんたの話はどうでもいいよ』

起き上がれないらしいルイーズは、隼瀬中尉を見上げながら言い返す。

『訓練機でなかったら、勝っていたのは私の方よ』

自分は負けていないというルイーズに、隼瀬中尉は微笑を浮かべる。

『猫かぶりが言うじゃない』

二人の勝負は呆気なく終わってしまった。

すると、俺たちの方に黒塗りの戦乙女たちが現れる。

俺たちを囲み武器を構える彼女たちのバトルドレスには「ＳＶＡＴ」という白文字が書

かれていた。

「彼女たちは？」

俺の問い掛けに答えるのは、隼瀬中尉だ。

『サバットって呼んでいるわ。こういう問題を取り扱っている専門部隊ね』

黒塗りの戦乙女たちは、武器を構えてルイーズに近付くとそのまま拘束し始める。

『ルイーズ・デュラン准尉、我々と来てもらおうか』

大人しく拘束されたルイーズは、浮かび上がって大人しくサバットの面々について行く。

その際、一度俺の方を振り返ってきた。

『あ～あ、殺し損ねちゃった。誰かさんが邪魔をしたせいね』

取り繕わなくなったルイーズだが、笑みを浮かべたままサバットに連れて行かれた。

サバットの隊員たちが、今度は俺たちを囲んでくる。

『事情を聞きますので、お二人も同行をお願いします』

「……了解しました」

受け入れる俺とは反対に、隼瀬中尉の方は不満そうにする。

『私が呼んだのに取り調べっておかしくない？』

不遜な態度を見せる隼瀬中尉に、周囲のサバットの隊員たちは困惑しながらも連行していく。

十三話　パフェ

学園に戻ってきたプロメテウス計画の開発チームは、破損して吊された状態のサンダーボルトを前に様々な反応を見せていた。

好意的な作業員たちは「よく戻ってきたな」と感心している。

スミス博士は興奮が収まらないらしい。

「いや～、エンヴィーは貴重なデータを持ち帰ってくれたよ。実験機はボロボロになってしまったけど、上層部に予算の申請をして修理すれば問題ないね」

壊れた実験機よりも、今回手に入ったデータの方が貴重だという考えだ。

だが、否定的な意見もある。

作業員たちの中には「修理が大変そうだな」「武装を全部喪失とか止めてくれよ」「しばらく徹夜が続くな─」と落ち込んでいる者もいる。

アリソンも否定的な立場だった。

「確かに貴重なデータですけど、防御を捨てて攻撃に特化するなんてあり得ませんよ。一撃でももらえば撃墜されていたところですよ！」

蓮の行動が信じられない、といった態度だった。

だが、スミス博士は違う。

「エンヴィーにしてみれば、一撃をもらえば終わりというのは歩兵の頃と同じだったんだろうね。それにしても、面白いことをするよね。武器の効果がないから防御に振り分ける魔力をカットするなんてさ。いや〜、面白いパイロットが手に入って何よりだよ」

スミス博士は意図せずして実戦データが手に入ったことにご満悦の様子で、アリソンが幾ら注意をしても聞き入れようとしない。

「こんな戦い方を繰り返していれば、彼はいつか死にますよ」

大事なパイロットを失うことになるぞ、というアリソンの言葉に、スミス博士は不思議そうに首を傾げる。

「新しいパイロットを用意すればいい。それだけじゃないかな?」

「あなたという人は本当に……いえ、何でもありません」

スミス博士の問題は以前から知っていたことだ。

アリソンは指摘するのを止めて、建設的な話をすることにした。

「実験機の修理を行うため予算を申請しますが、上層部から小言をもらうのは覚悟していてください」

「今回のデータを提供すれば、喜んで用意してくれると思うけどね。それはそうと、エンヴィーはどこだい？　彼には戦闘中の話を聞きたいんだがね？」

アリソンは小さくため息を吐いてから、スミス博士に三度目になる説明を行う。

「取り調べを受けていると何度も伝えましたよね？」

「え？　まだ終わらないのかい？　女子生徒が計画を阻止しようとして、失敗しただけの話だろうに」

ルイーズの件を軽視するスミス博士に、アリソンは呆れ果ててしまう。

「学園内にこちらの計画を阻止しようとした工作員がいたんですよ。もっと警戒したらどうなんですか？」

スミス博士は肩をすくめ、アリソンの言葉に従う。

「そうだね。今後は警戒も必要だ。何か考えないといけないね」

◇

取り調べから解放されると、既に深夜を過ぎていた。

学園内は暗く静まりかえっていた。

アリソン博士には解放されたと連絡を入れたが、今日は宿舎に戻っていいと言われて帰宅途中である。

宿舎に戻る途中、俺より先に解放された隼瀬中尉がベンチに座って待っていた。

「お疲れ」

「隼瀬中尉殿、今回は命を助けて頂き誠に――」

敬礼をする俺を見て、呆れた顔でため息を吐く隼瀬中尉が止めるよう手で制してきた。

「堅苦しいのは疲れるからいいわ。それよりも、無事に戻ってきたからお祝いをしましょうよ」

「お祝い、でありますか？」

そのままの意味で受け取ればいいのだろうが、無事に戻れたお祝いと言われても何をすればいいのかわからない。

歩兵の頃は戻ったら小隊の仲間たちは酒を飲むなどしていたが、隼瀬中尉は未成年だ。

俺たちのように酒を飲んで裸で騒ぐなどしないはずだ。

しない……よな？

どこか振る舞いが荒々しい隼瀬中尉だから、絶対にないと言い切れないのではないか？

俺は少しばかり不安になって来た。

困惑している俺を見て焦れったくなったのか、俺の右手首を掴んで強引に歩き出す。

「いいからついてきなさい。うちの流儀を教えてあげるから」

「学園の流儀ですか……了解しました」

学園全体か、それとも大隊内だけの流儀か知らないが、彼女たち戦乙女の流儀にこの場は従っておくべきだろう。

郷に入っては郷に従え、だ。

それに、戦乙女の流儀というのは個人的にも興味があるし、何よりも俺は隼瀬中尉に命を救われている。

誘いを断るわけにはいかない。

「お供します、隼瀬中尉殿」

◇

やって来たのはレストランだった。

深夜を過ぎても営業しているのは驚きだったが、俺の気持ちを察した隼瀬中尉がメニューを見ながら説明してくれる。

「ここの店長が気の利いた人でさ。出撃があった日は夜遅くまで営業してくれるのよ」

無事に戻ってきた戦乙女たちに料理を振る舞うため、客がいなくても店を開けているという。

「そうだったのですね」

夜中にレストランが営業している理由が知れて、納得していると隼瀬中尉が勢いよくメニューを閉じた。

「よし、決めた！」

一度頷いた隼瀬中尉は、テーブルにあるタブレットでメニューを選ぶ。

食事に誘われたと思っていたのだが、何故かデザートの項目を選択していた。

「隼瀬中尉、食事ではなかったのですか？」

俺が尋ねると、隼瀬中尉はメニュー画面を見ながら答えてくれる。

「うちは無事に戻ってきたら甘いものを食べるって決まっているのよ。それともお腹が空いているの？　だったら、他の物を注文してもいいわよ」

「いえ、取り調べ中に携帯食を食べたので大丈夫です。学園の流儀とあれば、お付き合いさせて頂きます」

隼瀬中尉が俺の返事を聞いて顔を向けてくるが、随分と反応に困っているようだ。

「携帯食？　あの不味い栄養食よね？　取り調べ中に食事は何がいいか聞かれたでしょ？もしかして、男だから何も聞かれなかったとか？」

隼瀬中尉は、俺が取り調べ中に男性だから軽視した扱いをされたのではないか？　と心配してくれているらしい。

無論、そんなことはなかった。

「自分も何がいいか聞かれました。なので、チョコ味の携帯食を希望しました」

隼瀬中尉が、サバットの隊員たちと同じようにちょっと引いた顔をしている。

チョコ味の携帯食は駄目なのだろうか？　歩兵だった頃は、奪い合いにまで発展した魅惑的な食べ物だったのだが……。

隼瀬中尉が俺に確認してくる。

「チョコが好きなの？」

「はい。携帯食のチョコ味は希少ですからね」

「そう、ならあんたはチョコにするから」

「はい？」

隼瀬中尉が手早く注文を済ませると、厨房にオーダーが通ったらしい。

そして、待っている間、俺は隼瀬中尉に質問をする。

「隼瀬中尉殿、質問をよろしいでしょうか？」

「何？」

「どうして自分を……助けてくれたのでしょうか？」

「あぁ、あの時？　一等級が出たからついでよ。ついで」

隼瀬中尉は俺から視線を逸らし――嘘を吐いた。

何度も話をしているが、彼女はどういうわけか俺に嘘を言う。

「いえ、作戦中だけではありません。あなたは、随分前から自分の周りで動いてくれていました。もしや、ルイーズから自分を守ってくれていたのではありませんか？」

今にして思えば、隼瀬中尉との遭遇率が高過ぎた。

俺が学園内で目撃したローブをまとったエースは、隼瀬中尉ただ一人だ。

他のローブを着用したエースとは遭遇もしていない。

そんな状況下で、隼瀬中尉とだけ何度も遭遇するものだろうか？

俺の疑問に隼瀬中尉は顔を背け、無言を貫く。

「今にして思えば、深夜の屋内プールで遭遇したのも自分のためだったのでは、と考えています。わざわざ自分を待ち構える行動もありましたし、何よりもあなたのアドバイスは的確でした。自分が何を悩んでいるかも、知っていたのではないですか？」

今日の出来事から考えれば、ルイーズが俺に自己啓発本を渡して来たのは俺を惑わせるためだろう。

ルイーズの意図に気付いた隼瀬中尉は、失敗続きの俺にアドバイスをするためわざわざプールまで足を運んだのだろう。

俺は自分の右手を見る。

「決定打は自分の右手です。ルイーズは自分の右手に絶対に触れませんでした。ですが、隼瀬中尉は気にせず掴んでくれました。自分を恐れず、力強い隼瀬中尉の手の感触は今も覚えています」

俺の前で取り繕っていたルイーズだったが、偽獣の細胞から作られた右腕を避けていた。

隼瀬中尉が気付いていたかは不明だが、俺がどんな手術を受けたかは噂も広がっていたので知っていただろう。

そして、俺はそんな人を疑って酷い態度を取っていた。

ルイーズにより隼瀬中尉を疑うよう仕向けられていたが、言い訳にならない。

「あなたを疑っていた自分が恥ずかしい。隼瀬中尉は戦闘中も自分を気にかけていてくれたのですよね？」

隼瀬中尉が、俯きながら手を伸ばしてくる。

「いいから……もう、いいから……」

「いいえ、よくありません！　自分を助けに来られた際、あなたはこちらの事情を全て把握しておられました。戦闘中も自分たちを気にかけて会話を聞いていたのではありませんか？　おかげで自分は命を救われました。隼瀬中尉殿、本当にありがとうございました！」

最後は席を立って深々と頭を下げたのだが、隼瀬中尉にはお気に召さなかったらしい。

彼女も立ち上がって俺に抗議してくる。

「わかっていても言うなよ！　しかも、全部気付いていたとか、こっちの方が恥ずかしくなるでしょうが！　気付いていないと思っていたのに！」

　顔を上げた俺は、隼瀬中尉が恥ずかしがる意味が理解出来なかった。

「何故です？　隼瀬中尉の行動は自分には勿体ないほど献身的でした。これだけ気にかけられていたというのに、隼瀬中尉を疑っていた自分は愚か者です。本来であれば、見捨てられて罵声を浴びせられてもおかしくありません」

　隼瀬中尉が、俺を指さしながら手を上下に振り回す。

「私が勝手にやったことだから！　気にしなくていいから！」

「いいえ、それならば余計に隼瀬中尉の厚意を無駄にした自分が許せません」

「忘れろよ！　むしろ、忘れてよ！　鈍そうな癖に、どうしてそんなところだけ鋭いのよ！　気付いていても胸にしまっておけよぉ……」

　段々と隼瀬中尉の言葉に力がなくなっていく。

　力尽きた隼瀬中尉が、テーブルに突っ伏すように座ると注文していた料理がやって来る。

　店長自ら運んできてくれたのは――。

「ご注文のジャンボパフェ、イチゴとチョコになります。さぁ、お兄さんも座って」

「は、はい」

　隼瀬中尉を気にしながら席に着くと、店長は俺の前にジャンボパフェのチョコを置いて戻って行く。

パフェ……思い出の中にあるが、どんな味だったか忘れてしまっている。

俺から顔を背けて腕を組む隼瀬中尉は、恥ずかしそうにしていた。

「……食べていいよ。ここ、私の奢りだから」

「いえ、そういうわけには」

「上官命令」

「っ!?」

恨みがましい視線を向けてくる隼瀬中尉は、深いため息を吐いてからパフェを食べる理由を話し始める。

「無事に戻ってきたら甘い物をお腹いっぱい食べる……それがうちの決まりよ。まぁ、大隊ごとに違いもあるけどさ。その時は、階級が上の子が下の子に奢る決まりなのよ」

「そ、そうでしたか。しかし、自分の方が年上ですが？」

「私は中尉であんたは准尉でしょ？　あ、お金は気にしなくてもいいよ。給料もあるし、討伐報酬っていうのかな？　お手当も入るし」

戦乙女の給料事情に詳しくはないが、そうでなくても彼女たちが高給を得ていると誰もが思っているだろう。

実際、彼女たちと一緒に学園で生活してきて、羽振りのよさを感じていた。

「そ、それでは頂きます」

俺は山盛りのチョコクリームをスプーンですくい、そのまま口に運んだ。

口に入れると甘さが広がり、すぐに溶けてなくなっていく。

またスプーンですくって口に運ぶ。

隼瀬中尉はイチゴ味のクリームをスプーンですくいながら、話の続きをしている。

「気にせず食べていいよ。本当は大隊のみんなと一緒に食べるんだけど、私は取り調べで遅れたからね。……言っておくけど、あんたを待っていたわけじゃないからね。偶然、たまたま、あんたが出てきたのを見かけたから……って!?」

一心不乱にパフェを食べている俺に、隼瀬中尉が驚いた顔を向けていた。

食事に集中しすぎたと反省して顔を上げると、俺は自分の頬を何かが伝うのを感じて手で触れる。

指に触れたのは液体だった。

「どうして泣いているのよ」

隼瀬中尉に指摘され、俺はようやく自分が泣いているのだと自覚した。

「わかりません……ただ、おいしくて」

「おいしいから泣いたの？　あんた、今まで何を食べて……あ〜、言わなくていいわ。栄養重視の携帯食をうまいと言うくらいだから、ろくな物を食べていないわね」

隼瀬中尉は俺が答える前に自分で納得する。

確かに歩兵の頃は戦場では携帯食ばかり食べていたが、基地に戻れば普通の食事も取っていた。

そこも栄養重視で味は二の次だったらしく、小隊の仲間たちには不評だったのを思い出す。

そこから止めどなく仲間たちの思い出が蘇ってくる。

みんなにも食べさせてやりたかった、と。

あぁ、そうか……俺は……また、みんなと一緒に過ごしたかったのだ。

「仲間を思い出しました」

「あん？」

「ここに来る前の話になりますが、自分は歩兵でした。普段から小隊の仲間と行動を共にしていたのですが、居心地のいい小隊でした」

俺が語り始めると、隼瀬中尉は話を聞いてくれるらしい。

「へぇ、仲が良かったのね」

「よくわかりません。ただ、一緒にいて苦痛ではありませんでした」

兵士となり地上で偽獣たちと戦って生き残っていれば、幾つもの小隊を渡り歩くことになる。

中には居心地の悪い小隊もあったし、煩わしく思う時もあった。

俺の出自をネタにして絡んでくる奴も多く、その中には上官もいて無視も許されない状況もあった。

ただ……最後の小隊は別だった。

「小隊長殿はトレーニングが好きで、自分もよく誘われました。今にして思えば、小隊に馴染めない自分に気を遣ってくれたのでしょう」

「いい隊長さんね。それで、あんたが特に仲が良かった人はいたの？」

「仲が良いかどうかはわかりませんが、シャイボーイとは一緒に過ごすことが多かったですね」

「……シャイボーイ？」

隼瀬中尉が首を傾げて不思議そうにするため、俺は歩兵のコールサインについて説明する。

「彼のコールサインです。小隊内では、コールサインで呼び合っていました。ちなみに、小隊長殿はプロテインです」

俺たちのコールサインを聞いて、隼瀬中尉は微妙な顔をする。

「ど、独特なコールサインなのね」

「はい。トレーニング好きでプロテインを持ち歩いていましたからね。それで、シャイボーイの場合は、人見知りで初対面の人と話せないのが理由です。自分もあまり喋る方ではありませんから、シャイボーイと一緒にいることが多かったですね」

お互いに口数が少なく、二段ベッドを使用する際は何となく一緒のベッドを選んでいた。

他の仲間たちは騒がしいため、シャイボーイも静かな俺を選んだのだろう。

「普段から一緒にいて苦ではありませんでしたが、シャイボーイはミント味の携帯食が大好きなのが困りものでした」

「ミント味？　奪い合いになるの？」

「いえ、戦闘前に携帯食を割り振られた際にミント味があると、全員がシャイボーイに押し付けるくらい不味かったです。好みの問題もありますが、大半が外れ扱いをしていました」

「なら、別に問題ないじゃない」

「問題なのはここからです。シャイボーイは戦場でお礼をする時は、ミント味の携帯食を差し出してきます。本人にとっては美味なのでお礼のつもりなのですが、自分は特に苦手な味でしたので受け取っても困りものでした」

小隊が壊滅した日も、シャイボーイが俺にミント味の携帯食を渡してきた。

本人の気持ちは嬉しかったが、俺はミント味が特に苦手で困っていた。

気が付くと、俺は隼瀬中尉に小隊の仲間について話し込んでいた。

自然と笑みがこぼれたのが、自分でも驚きだった。

「MCとヘアセットはよく一緒にいましたね。女性の話題で盛り上がっていました。ギャンブラーとルーザーは夜になると他の小隊と賭け事をするのですが、いつもルーザーが負けて自分たちにお金を借りに来るまでが定番です。コミックは一人でよく漫画を描いていましたね。兵役が終わったら漫画家になると言っていましたよ」

懐かしい仲間たちの思い出が蘇り、目の前のパフェに視線を固定する。

「コミックは漫画を描くと、自分とシャイボーイに見せて感想を求めてきました。自分はよくわかりませんでしたが、彼が描いていた漫画の続きは今も気になりますね。これから盛り上がるところだと言っていましたから……」

もう二度と彼の漫画が読めないと思うと、心が締め付けられる思いだった。

当時は特に気にもしていなかったが、今は寂しくて仕方がない。

「……気のいい仲間たちでした。そんな彼らにもこのパフェを食べさせてやりたかったです」

隼瀬中尉は俺の語り口から察してくれたのか、小隊がどうなったのか聞いてこない。

「そう。あんたにとっては大事な仲間だったわけね」

「はい……大事な……っ」

涙が溢れてくる。

隼瀬中尉の前で情けないと思いながらも、俯いて泣いてしまった。

テーブルにポタポタと涙がこぼれ落ち、スプーンを握る手が震えている。

「俺はもっと……みんなと一緒に……なのに、俺だけ生き残って！」

俺は自分が実験に参加した理由は、自分の存在意義のためとばかり考えていた。

兵士として望まれたからプロメテウス計画に参加したのだ、と。

だが、隼瀬中尉に胸の内をさらけ出し、俺は気付いてしまった。

「……仇を取りたかったんです」

絞り出した俺の答えに、隼瀬中尉は静かに返事をする。

「そう」

「自分は強化兵士なのにみんなを守れなくて……みんな、逃げればいいのに必死に戦って……シャイボーイも最後まで抵抗して……自分は……俺は仲間のために何も出来なかった」

小隊が壊滅した日、俺は悔しくて仕方がなかった。

この手で復讐してやりたいという気持ちが、俺を突き動かしていた。

「何で俺だけ……他の誰かが生き残ればよかった」

何もない自分よりも、他の誰かに生きて欲しかった。

そんな俺の希望を、隼瀬中尉が叱りつけてくる。

「仲間が必死に戦ってあんたの命を繋いだのに、それを否定するわけ？」

「え？」

　顔を上げると、隼瀬中尉は俺を見据えてくる。

「あんたの仲間が必死に戦ったから、こうして生きているんでしょ？　感謝こそすれ、自分が死んだ方がよかった、なんて言ったらあんたの仲間が浮かばれないと思うんだけど？」

「それは……そうですが……」

　あの日、突然現れた人型偽獣にみんなは敗れた。

　だが、最後までみんな戦っていた。

　怯えて、泣き叫びながらも。

　彼らの頑張りが、俺をここまで導いたと言われ……後悔していた自分が嫌になってくる。

「……仲間が浮かばれないのは嫌ですね」

　自分の言葉を反省していると、隼瀬中尉は微笑みながらパフェを口に運ぶ。

「そもそも間違っているのよ。生きていることを喜びなさいよ。それに、偽獣を倒せる力を手に入れたんでしょ？　仲間の仇が討てるじゃない。……戦う理由がハッキリしたわね」

　隼瀬中尉に指摘され、俺は嫉妬だけで戦っていたのではないと知れたことが嬉しかった。

「嫉妬よりも聞こえはいいかもしれませんね」

　そう言うと、隼瀬中尉は嫉妬や復讐心を抱いている俺に寛容さを示す。

「戦う理由自体はどうでもいいのよ。大事なのは何のために戦うのか、よ。その辺、ハッキリしない子はここでは強くなれないわ」

隼瀬中尉が俺に顔を近付けてくる。

「気に入ったわ。あんた、私の従者になりなさいよ」

隼瀬中尉の提案を受けて、俺は最初に何を言われたのか理解出来なかった。

「……従者？」

隼瀬中尉は俺の反応を見て、額に手を当てて椅子の背もたれに体を預ける。

「そこも知らないの？　あ〜……とりあえず、私の小隊に入りなよ。丁度、部下を探していたところだしさ」

どうやら俺は、隼瀬中尉に勧誘を受けているらしい。

「……責任者に確認を取ってもよろしいでしょうか？」

「オッケー、返事は待つわ」

話が終わり、再び二人してパフェを食べ始める。

口の中に含んだクリームやチョコの甘さを楽しみながら、俺に隼瀬中尉に一つ確認する。

「それで、隼瀬中尉殿が自分を気にかけてくれた理由は何なのでしょうか？」

最初の質問に戻ってしまったわけだが、隼瀬中尉は少しばかり悩んだ後に俺から顔を背けつつ答えてくれる。

「自分が助けた相手が気になっただけよ」

「――え？　ま、まさか」

俺が人型偽獣と戦闘した日に、目の前に舞い降りてきたのは彼女だったらしい。

驚いている俺を放置して、隼瀬中尉はパフェを食べ終わってしまった。

複雑そうな表情をする隼瀬中尉は、強引にこの話題を変えようとする。

「この話はここまで！　そういえば、あんたが歩兵だった時のコールサインって何なの？　独特なネーミングセンスだし、一応聞いておきたいわ」

そういえば、仲間の話ばかりで自分のコールサインを教えていなかった。

俺はパフェを食べながら答える。

「チェリーです」

「ぶっ!?」

顔を耳まで赤くした隼瀬中尉は、咳き込むと右手で胸を叩いていた。

……しまった。女性である隼瀬中尉に言うべきではなかった。

◇

後日。

学園長室で夏子は旧友とリモートで話をしていた。

相手の名前は【陽葵（ひまり）・ルナール】――第五学園の学園長だ。

ピンク色の長い髪をゆるく縦ロールにしてまとめた女性で、髪色と同じゴシックドレスを着用している。

おっとりとした雰囲気で優しそうな彼女は、二十代半ばの年齢に見えるが夏子と同じく第一世代の戦乙女だ。

お互いに数少ない第一世代の生き残りだが、二人の間には懐かしむ気持ちなど一切なかった。

微笑んでいる陽葵だが、とんでもない要求をする。

『うちの子が迷惑をかけてごめんなさいね。それはそうと、ルイーズを返してほしいのだけど？』

「あら、ご冗談でしょ？　そちらの工作員が、わたくしの庭で好き勝手にしてくれたのよ。簡単に返すわけにはいかないわよね？」

プロメテウス計画を阻止しようとしたルイーズだが、現在は取り調べを受けている最中だ。

本人は何も喋ろうとせず、誰の命令で動いたのかも不明だった。

夏子としても事実関係をハッキリさせたかったが、自分と同じ学園長という立場の陽葵がわざわざ自ら名乗り出て来た。

『工作員とは酷い言いようね。あたしはただ、第三学園に有能な子を送っただけよ。まさか、どのクラスにもスカウトされずに埋もれさせるとは思わなかったけれどね』

夏子はルイーズの資料をモニターに表示させ、中等部からの成績を確認する。

陽葵の言う通り、ルイーズの成績は非常に優秀だった。

少しばかり手を抜いているようにも感じられるが、五組に埋もれていい才能ではない。

「ルイーズ・デュラン……確かに優秀な子みたいね。わざわざ経歴まで詐称して潜り込ませたみたいだけれど、うちのエースが気に入らなかったみたいなのよ。猫をかぶっていて好きじゃない、って。今回の一件も突発的であるし、彼女は工作員には向いていないと思うのだけど？」

夏子がルイーズを評価すると、陽葵は機嫌を悪くする。

このまま話を続けるつもりもないのか、夏子に再度要求する。

『……ルイーズを返しなさい。代わりに一等級の素材を複数用意したわ。見返りとしては十分ではなくて？』

夏子はこの提案に、少しばかり驚いて目を丸くした。

一等級の素材を複数用意するくらいに、陽葵はルイーズを評価しているらしい。

だから、夏子はふっかけることにした。

「そういえば、ユーラシア方面で特等級の素材が手に入ったそうね？　わたくし的にはそちらの方が興味があるわね～」

特等級の素材が欲しいと言う夏子に、上品に振る舞っていた陽葵の様子が変化した。微笑みが消え去り、無表情で夏子を睨み付ける。

『大人しくこちらの提示した品で満足しなさい。欲をかくと痛い目を見るわよ』

同じく第一世代の戦乙女として戦ってきた夏子は、この程度の脅しで揺るぎはしない。

陽葵がドスの利いた声で言うが、夏子は席を立って机に腰掛ける。

「このわたくしと取引したいのなら、相応の誠意を見せるのね。そもそもの原因は、そちらにあるのを忘れたのかしら？」

『忘れていないから一等級の素材を用意してあげているのよ。あたしが譲歩している間に、さっさと取引に応じなさい』

譲るつもりのない陽葵に対して、夏子は肩をすくめる。

「わたくしはどちらでもいいのよ。素材が手に入らなくても、ルイーズという娘を調べ上げて事実をハッキリさせるだけですもの」

夏子が譲らないと思ったのか、陽葵が小さくため息を吐いて緊張を和らげた。

『相変わらず欲深いわね。そういうところ、昔から変わらないわ』

「あなたにだけは言われたくないわ。……それで、どうするのかしら？　わたくしはどちらでも構わないわよ」

夏子が確認すると、陽葵は降参したように両手を上げた。

どうやら、夏子の要求を受け入れるらしい。

『迎えを出すから、その時に特等級の素材も渡すわ。……あたしにここまでさせるのだから、ルイーズには傷一つでも付けたら許さないわよ』

夏子は自分の要求が通ったことに驚くが、同時に納得もする。

(相変わらずだこと)

内心を悟られないようにしながら、夏子は喜んでみせる。

「えぇ、ここから先はわたくしの名前で傷を付けないと約束しますわ。拘束前の傷までは責任を持つつもりはありませんけどね」

『はぁ、それでいいわ。それはそうと――』

取引が終わると、陽葵は別の話題を取り上げる。

『――プロメテウス計画に協力しているそうね。夏子、あなたがそこまで愚かだとは思わなかったわ』

冷たい目をする陽葵を見ながら、夏子は肩をすくめて見せた。

「わたくしは場所と設備を提供しただけでしてよ。学園の女子生徒たちに、殿方に対する免疫を付けさせようと思いましたの」

『今後も協力するのなら、相応の覚悟をするのね。他の学園もプロメテウス計画には反対の立場よ。あなた、ますます孤立してしまうわね』

　男性の戦力化に対して、他の学園は反対の立場であると明言されてしまった。

　夏子はそれを聞いても方針を変えるつもりがなかった。

「今後も独立独歩でやっていくから構わないわよ。あ、でも助けが欲しいなら言いなさい。あなたたちと違って、わたくしは派閥関係を抜きにして手を差し伸べてあげるわよ」

　陽葵は夏子が計画への支援を止めないつもりであると察し、冷たい目をしたままだった。

『――すぐに迎えを出すわ』

　通話が切られてしまうと、夏子は静かになった学園長室で伸びをする。

「相変わらず政争に大忙しみたいね。余裕があるようで羨ましいわ」

　机から下りた夏子は、プロメテウス計画の詳細が書かれた資料を手に取った。

　期待されていなかった実験機が、二等級を多数撃破という予想外の戦果を挙げたのだ。

　夏子としては楽しくて仕方がない。

「今後は組織内が騒がしくなるわね。楽しくなりそうだわ」


（一巻了）

偽獣FILE①

????　unknown

歩兵部隊の前に突如現れた正体不明の偽獣。
三メートルほどの人型だが、その禍々しさは異様そのものであった。

偽獣FILE②

一等級　バオーガ

恐竜のような見た目と太い両腕を持つパワー型の偽獣。
見た目の通りの頑強さで、生半可な攻撃では展開する力場を貫けない。

ブーツキャットが使用するヴァルキリードレスが並ぶ格納庫では、整備士たちの他に教師と生徒の二人が確認できる。

ブーツキャットに所属している他の女子生徒たちは、戦闘後ということで休暇中だ。彼女たちのヴァルキリードレスは、整備士たちによって念入りに整備と調整が行われていた。

そんな中、朝から隼瀬真矢は格納庫に呼び出されていた。

特機用のパイロットスーツに着替えさせられた真矢は、自身の専用機に乗り込んで調整を行っていた。

その傍らでブーツキャット――三組の副担任である【リューディア・鏡（かがみ）】が付き添い手伝っている。

銀色の長い髪を膝裏に届くまで伸ばした背の高い女性教師で、ニットのセーターは大きな胸の形がくっきり表れながら、丈が足りずにへそを出す格好になっている。

腹部が露出しているのだが、筋肉質で引き締まったウエストをしていた。

元は戦乙女として活躍したリューディアは、今では後進の育成をしていた。

目つきは鋭く、瞳の色は赤い。

普段から無表情ということもあって、どこか冷たさを感じる。

担任教師の大日向美桜は可愛らしい女性で、周りからは頼りなく見えてしまう。

しかし、リューディアは常に冷静で落ち着いた雰囲気もあり、女子生徒たちからは頼りにされ、一部からは憧れられていた。

そんなリューディアが、真矢のヴァルキリードレスの調整に付き合っていた。

「……機体チェック終了だ」

作業が終了したことを告げられると、真矢は大きく息を吐いて力を抜いた。

「キョウちゃん、休日の朝から呼び出すなんて酷くない？　こっちは日付が変わっても取り調べを受けていたんだけど？」

力を抜くと同時に文句を言う真矢だったが、リューディアをキョウちゃんと親しみを込めて呼んでいた。

リューディアは表情を変えないまま、真矢の愚痴に付き合う。

「特機を任されたという自覚を持つことだな。そもそも、お前に用意された機体は寿命が迫っている。出撃毎に念入りな整備と調整が必要だと、学園長からも何度も説明を受けたはずだぞ」

真矢に与えられたのは、他の女子生徒たちが使用しているヴァルキリードレスと違って特機と呼ばれる特注品だ。

通常のヴァルキリードレスよりも高出力で強いのだが、扱いにくいためエースパイロットしか使いこなせない難しい機体だ。

また、特機の数は限られており、三組で使用を許可されたのは真矢だけだった。

「別にお昼からでもよかったじゃない。わざわざ早朝に叩き起こしに来るとか、キョウちゃんも暇だよね」

「暇ではなく、これが私の仕事だ」

真矢は専用機から降りると、背伸びをして体をほぐしていた。

その姿をリューディアは真剣な目で見つめている。

普段と変わらない真矢の姿に安心すると、僅かに表情が和らいだ。

「昨日の報告書を提出して上がりなさい。後は遊ぶなりして好きに過ごせばいいさ」

報告書と聞いた真矢は、眉間に皺を寄せていた。

三組の切り札であるエースの真矢だが、報告書などの事務作業には苦手意識を持っている。

「今回は書くことが多いから時間がかかりそうなのよね。……ねぇ、手伝ってよ」

真矢が頼み込んでくる。

リューディアの中で真矢の評価は「小生意気だが戦闘では頼りになる天才肌の可愛い生徒」だった。

真矢は中等部を卒業と同時に、美桜がスカウトしたため五組に在籍しなかった。

三組に配属されてからもすぐに活躍して頭角を現したため、周囲からはやっかみを買っている。

元から生意気な部分があったために、そうした性格が強く目立って「三組のエースはわがまま」と言われていた。

だが、リューディアは知っている。

確かに生意気な部分もあるが、それは真矢が自分の仕事に誇りを持っているからだ。

偽獣から人類を守る戦乙女として、プライドを持って戦っていた。

それは副担任という立場で、三組の女子生徒たちをサポートしているリューディア自身が一番よく知っていた。

努力を欠かさない天才——それが、隼瀬真矢だ。

それなのに報告書が苦手だと言って自分を頼って来るので、リューディアはギャップに苦笑してしまう。

戦場では自信満々で戦っているのに、報告書を前にすると途端に狼狽えるのだから。

「報告書くらい一人で書けるようになれ。エースがその調子では、新人たちに示しがつかないぞ」

新人たちという言葉に、真矢は反応する。

「追加の人員が決まったの？」

人手不足のブーツキャットは、常に戦力となる戦乙女を求めていた。

人数が少ないために、一人一人の負担が大きいのが現状である。

だが、安易に五組から拾い上げても意味がない。

戦乙女たちが使用するヴァルキリードレスには、限りがあるからだ。

未熟な候補生を拾い上げて戦死されれば、貴重なヴァルキリードレスを失う羽目になる。

そのため、人選は慎重にならざるを得なかった。

リューディアは真矢に現状を伝える。

「今回の戦闘結果から三名を引き抜くことになった」

リューディアが、生徒たちの情報が画面に表示されたタブレット端末を真矢に手渡した。

情報を確認する真矢の表情は険しい。

「……前に出過ぎて孤立した連中？　こいつら役に立つの？」

真矢からすれば注意力が足りずに失敗し、味方に救助された小隊は戦力として頼りなく見えたらしい。

リューディアも同意する部分はあるが、担任教師である美桜の決定には逆らえない。

「美桜の判断だ。それに、鍛えれば見込みはあるらしい。あいつの審美眼は確かだよ。七割くらいは信じていい」

「三割は外すって意味じゃない」

納得しきれない様子の真矢に、リューディアは溜息を吐いた。

真矢は自身が優秀であるがゆえに、どうしても周りを厳しく評価してしまう。

若いため仕方がない部分もあるが、真矢の意見だけを尊重していたらブーツキャットの増員は絶望的だ。

何しろ、優秀な候補生たちは四クラスが奪い合っている状況なのだから。

「お前の価値観を物差しにして判断するな。そもそも、今のブーツキャットは贅沢を言っていられる立場にはないと知っているだろ？」

五組の女子生徒たちからすると、三組は人気がないクラスだ。

他のクラスとバッティングすると、どうしても三組は選ばれない。

リューディアからすると、美桜がそれも織り込み済みであの三人組を選んだのだろう、と何となく察していた。

何しろ彼女たちならば、他のクラスが見向きもしないはずだから。

真矢は納得していないようだが、受け入れるつもりではいるようだ。

「すぐに死なないといいけどね」

憎まれ口をたたいている真矢だが、本心では新人たちを心配しているようだった。

本当に死んでほしくないから、三組に編入させたくないのだろう。

勘違いされやすいだけで、真矢は優しい子であるとリューディアは知っている。

力量不足の候補生たちを拾い上げても、戦場で命を落とすだけだ。

(本当に不器用な子だな。そんなこの子が自分の従者に選んだのが、まさか曰く付きのパイロットとは思わなかった)

他人に厳しい評価をする真矢が、はじめて従者に欲しいと選んだのが一二三蓮だった。

リューディアは思う。

(真矢のお眼鏡に適ったとなれば、実力は本物である可能性が高いか)

真矢を通して、リューディアの蓮に対する評価も上がっていた。

ただ、一つ気になる点があった。

「話は変わるんだが、私に一つ聞かせてくれないか、真矢?」

「何よ、キョウちゃん?」

小首をかしげる真矢に、リューディアは引っかかっていた部分を確認する。

「お前が従者にしたいと希望を出した一二三蓮の話だ」

蓮の名前を出された真矢は、少しばかり警戒した素振りを見せた。

何を聞かれるのか察しているようだが、リューディアは気にせず問う。

「一二三蓮、奴を従者に選んだ理由は何だ？」

問われた内容に真矢は首を傾げていた。

どうやら、聞かれるだろうと予想していた内容と違ったらしい。

真矢はリューディアに笑みを浮かべている。

「本当にキョウちゃんは変わっているよね。他の子たちみたいに恋愛絡みで選んだのか、って聞かれるかと思っていたのにさ」

真矢が蓮を自分の従者に、と誘ったのは昨晩のことだ。

だが、もう噂は広まっていたらしい。

早朝に叩き起こされた真矢は、格納庫に来るまでに噂を聞きつけた女子生徒たちに質問攻めにあったそうだ。

真矢自身は色恋で選んだと思われるのは心外らしい。

リューディアは鋭い視線を真矢に向けた。

「茶化すなよ。お前を知っていれば、戦場に恋愛感情を持ち込まないとすぐにわかるさ。その程度で従者を選ぶような奴ならば、今頃は複数の従者がお前に付いているはずだ――

相性があるとしても、真矢は好き嫌いだけで従者を選ばない。

実力のない候補生を編入させるのも嫌がるくらいだ。

真矢が蓮を評価したのは、実力があると判断したからだ。

しかし、それだけでは説明の付かない部分があった。

リューディアは真矢に詳しい説明を求める。

「美桜は面白そうだからと受け入れたが、私は反対だ。何しろ相手は実験段階の兵器であり、我々との同時運用すらテストしていない。その辺の事情をお前が知らなかったとは思いたくないな」

ヴァルキリードレスと人型兵器を一緒に運用して、成果が出るかどうかは未知数だ。

両者は似通った部分も多いが、それでもヴァルキリードレス同士で小隊を編制した方が問題も少なくて済みそうだ。

まだテストすらしていない運用方法を、実戦で試そうとしている真矢にリューディアは危機感を覚えていた。

真矢はのんきに背伸びをしていた。

リューディアの心配など意に介していないようだ。

「何となく？　直感でこいつがいいな、って思っただけよ」

真矢の言葉にリューディアは眉根を僅かに寄せた。

「大事な従者を勘で決めたというのか？」

真矢はリューディアに問い詰められると、何故か少し嬉しそうにしていた。

「私は直感を信じる方だからね。あと、単純にロボットとか好きなのよね。子供の頃の話だけど、男の子向けのアニメや特撮もよく観たわ」

男の子向けの娯楽にも興味があったらしい真矢には、人型兵器というのは魅力的に見えたのかもしれない。

だが、リューディアにはそれが真矢の答えだとは思えなかった。

「嘘ではないが、真実でもなさそうだな。――お前が本気で答えないなら、私の方から美桜に一二三は真矢の従者に相応しくないと相談しよう。そうすれば、一二三がお前の従者になる確率は大きく下がるだろうな」

リューディアの話を聞いて、真矢は露骨に嫌そうな顔をしていた。

腹立たしいのかリューディアを睨んでいる。

「人の邪魔をして楽しいの？」

「楽しくはないさ。だが、お前の気持ちがどこまで本気なのか確認しておきたい。こっちも無茶な提案を上層部にするからには、相応の覚悟がいるからな」

プロメテウス計画に参加しているテストパイロットを、真矢の従者に引っ張るというのは大変だ。

組織の上層部に確認して許可をもらわなくてはならない。

それなのに、真矢が本気で欲しがったわけではない、などと後から知れたら関係者一同は骨折り損のくたびれもうけだ。

だから、真矢がどんな気持ちで蓮を従者に選んだのか知る必要があった。

リューディアの意見に納得した真矢は、視線を逸らして答える。

「本当はあんな計画に関わるなって言いたかったのよ」

「それは奴を説得するつもりだったのか？」

「プロメテウス計画――男性の戦力化っていう大義名分を掲げてさ、人の命を弄ぶ最低な計画でしょ。死ぬ確率が高い手術まで受けて、命懸けで玩具みたいな人型兵器に乗って戦わされるのよ。せっかく拾った命を無駄にして欲しくなかったのよ」

照れ隠しで視線を逸らしてはいるが、真矢は本心を話してくれているようだった。

リューディアも真矢の話に耳を傾けつつ、気になった点を確認する。

「それにしても、随分と不器用な態度で奴に関わったそうだな」

真矢は何度も蓮に遭遇しては絡んでいたが、その態度は本人の気持ちを考えると逆効果だったように思えた。

真矢も反省しているのか、顔を赤くしている。

「し、仕方がないじゃない！　あいつの側にはルイーズがいて邪魔をしてくるし、何かあれば私が悪いように誘導するしさ！　昔から嫌いだったけど、今回は本当にやってくれたわ」

ルイーズへの怒りを吐露する真矢に、リューディアは同意する。

「お前の意見を聞いてルイーズのスカウトを見送ったのは、結果的に正解だったな。というか、よくそんな状況でも諦めずに奴のフォローをしていたな。正直、驚かされたよ。色恋の話ではないと知っていても、何かしらあるのかと勘ぐってしまいたくなった」

真矢の蓮に対する献身は、恋愛絡みと予想した方がしっくりくる程だ。

言われた真矢が否定する。

「別に嫌いじゃないけど、たいして会話もしていない相手を好きになったりしないわよ。ただ——あいつは本気で偽獣と戦おうとしているし、それなら私たちの仲間でしょ？　一緒に戦うならこんな人がいいな、と思っただけよ」

直感を信じる天才肌な真矢の答えを、リューディアは納得しきれないが受け入れることにした。

真矢の表情が冗談を言っているようには見えないし、それに従者として欲しがっている気持ちが本物だと伝わったから。

蓮に同情しているのだろうが、それだけで真矢も従者には誘わないだろう。

「そうか……それならば、私も本気で上と交渉しよう。美桜にも気合いを入れるように伝えておくよ」

リューディアの態度の変化に、真矢が訝しむ。

「今の私の説明で納得したの？　自分で言っていて駄目かも、って思ったんだけど？」

リューディアは真矢に背を向けると微笑を浮かべた。

「お前に論理的な説明は期待していないさ」

真矢はリューディアの背中に向かって言う。

「それって酷くない？　私が馬鹿って聞こえるんだけど？」

「お前は愛嬌のある馬鹿だよ。私が保証する。さて、そろそろ出るぞ」

「納得出来ないわ」

文句を言う真矢を連れて、リューディアは格納庫を後にするのだった。

あとがき

『フェアリー・バレット』はいかがだったでしょうか？

新シリーズが開始して、喜びながらも緊張している三嶋与夢です。

これまではＷｅｂ小説から書籍化という流れが多かった自分ですが、今作は最初から書籍化を前提として書かせて頂きました。

自作のモブせか——『乙女ゲー世界はモブに厳しい世界です』の完結が見え始め、その後に新シリーズを、とお誘いを頂いた形になりますね。

その際に何故か「ロボ物を書きましょう！」と言われ、自分はロボ物が得意な作家じゃないよ!?　と驚きましたけどね（笑）。

定番のファンタジー物を書くことになるだろう、と漠然と考えていましたから。

また、ロボ物は作家側だけではなく、イラストレーターさんにとっても非常に難しいジャンルになっています。

人物はもちろんですが、その上で更にロボットを描けなくてはなりませんからね。

どちらも描けるイラストレーターさんは貴重な存在なわけです。

これはイラストレーターさんが見つかるまで時間がかかるだろうな、と悠長に考えていました。

実際に自分の他作品では時間がかかった部分でもありますし。

そんな時に紹介されたのが、どちらも描ける itaco 先生でした。

本当に見つけてきちゃったよ、と後戻りできない状況になったのを覚えています。

そこからはプロットを練り直し、何度もやり取りをしながらプロトタイプ版を完成させました。

ただ、プロット、設定、原稿、と何度も修正を重ねましたが、大きな問題もなく作業が進んだと思います。

原稿を書いている時も楽しかったですね。

序盤のシリアスなシーンやら、作中の仕込み等々。

今作で一番大変だったのはタイトルです。

これは本当にギリギリまで相談しました。

編集さんと二人で「タイトルが思い浮かばない!?」と頭を抱えていましたからね。

最後の方まで、仮で付けたタイトルで作品を呼んでいたくらいです。

何度かいいタイトルを思い付いた時もあったのですが、念のために検索すると、「小説家になろう」で同名のタイトルがヒットしてしまうなど……本当にギリギリまで悩みました(汗)。

そんな『フェアリー・バレット―機巧乙女と偽獣兵士―』ですが、読者の皆様に楽しんでいただけるよう頑張りますので、これからも応援の程、何卒よろしくお願いいたします！

ファンレター、作品のご感想をお待ちしています！

【宛先】
〒104-0041
東京都中央区新富1-3-7　ヨドコウビル
株式会社マイクロマガジン社
GCN文庫編集部

三嶋与夢先生 係
itaco先生 係

【アンケートのお願い】

右の二次元コードまたは
URL（https://micromagazine.co.jp/me/）を
ご利用の上、本書に関するアンケートにご協力ください。
■スマートフォンにも対応しています（一部対応していない機種もあります）。
■サイトへのアクセス、登録・メール送信の際の通信費はご負担ください。

GCN文庫

フェアリー・バレット
—機巧乙女と偽獣兵士—

2024年10月27日　初版発行

著者　三嶋与夢
イラスト　itaco
発行人　子安喜美子
装丁　森昌史
DTP／校閲　株式会社鷗来堂
印刷所　株式会社広済堂ネクスト
発行　株式会社マイクロマガジン社
〒104-0041　東京都中央区新富1-3-7　ヨドコウビル
[営業部] TEL 03-3206-1641／FAX 03-3551-1208
[編集部] TEL 03-3551-9563／FAX 03-3551-9565
https://micromagazine.co.jp/

ISBN978-4-86716-648-2 C0193